不忘初心，方得始终

你在喧嚣中迷失的，会在初心里找回来。

西楼月◎著

华龄出版社
HUALING PRESS

责任编辑：薛　治
责任印制：李未圻
封面设计：颜　森

图书在版编目（CIP）数据

不忘初心，方得始终 / 西楼月著. -- 北京：华龄出版社，2018.12
ISBN 978-7-5169-1317-8

Ⅰ. ①不… Ⅱ. ①西… Ⅲ. ①散文集 - 中国 - 当代 Ⅳ. ①I267

中国版本图书馆CIP数据核字（2018）第251017号

书　　名：不忘初心，方得始终
作　　者：西楼月　著

出 版 人：胡福君
出版发行：华龄出版社
地　　址：北京市东城区安定门外大街甲57号　邮编：100011
电　　话：58122254　传真：58122264
网　　址：http://www.hualingpress.com

印　　刷：三河市东兴印刷有限公司
版　　次：2019年8月第1版　2019年8月第1次印刷
开　　本：880 × 1230　1/32　印　张：7
字　　数：170千字
定　　价：36.00元

（如出现印装质量问题，调换联系电话：010-82865588）

前言

作家席慕蓉曾经在她的文章里写道：

“诗人向明说：‘诗人越可爱，写出来的诗越可贵。’我深以为然。‘天真无邪’如夏日的芙蓉，可贵的就是那瞬间的饱满与洁净，但是，人生能有几次那样的幸福？只要是不断在成长着的人，心中就会不断地染上尘埃。读诗，写诗，其实就是个体在无可奈何的沉沦中对洁净饱满的‘初心’的渴望。我逐渐领悟，这‘渴望’本身，也能成为诗质。饱经世故的我们，如果能够在沧桑无奈之中还坚持不肯失去天真，恐怕是更为可贵的吧。”

如同席慕蓉所言，在现实生活中，我们都满怀着理想、信念、抱负，踏上了走向世界的旅程。不过，生活并非如我们想象中的那么理想、温暖，它也有残酷、冷漠、麻木、痛苦的一面。

当我们面对人世间的悲欢离合之时，当我们迷失在十字路口之时，当我们开始质疑自己的情结之时，当我们翻山越岭而无所得之时，我们质朴的心是否会有所改变？我们对欢乐的感知是否一如既往？我们是否仍旧坚定当初的理想？我们是否坚持着来时的方向？我们是否能够跪着走完自己选择的道路？我们是否在一无所有后仍旧有所信仰？

这就是我们对于自己初心的思考。保持善良、真诚、无邪、进取、宽容、博爱的品性，在爱情、事业、生活等方面自然流露，时时感恩，时时关照自身。

不忘初心，方得始终，就是说我们应该活得像个孩子，保持最本真、最原初的信仰与坚持。我们之于人生，没有以假乱真，只有去伪存真；没有本末倒置，只有详略得当，最终结果安然，就像这个故事中的孩子一样。

从前有一个老者，他和一个小孩子生活在一起，奇怪的是，这个老者从来不教孩子各种礼仪和做人的道理，只是让他自然而然地健康成长。

有一天，一个云游四方的僧人，在老者的家中借宿，见孩子什么也不懂，于是教了他很多礼仪。

孩子很聪明，很快就学会了。晚上，孩子见老者从外面回来。于是恭敬地走上前去问安。老者十分惊讶，就问孩子：“是谁教给你这些东西的？”

孩子如实回答：“是今天来的那个僧人教我的。”

老者马上找到僧人，责备说：“僧人你四处云游，修的是什么心性啊？这孩子被我捡来养了两三年，幸好保持了他天然可爱的本心，谁知道一下子就被你破坏了！拿起你的行李快出去吧，我家不欢迎你！”

之所以讲这个故事，不是让我们真的像一个不谙世事的孩子那样摒除社会法则、人情规矩，而是要保留童真和天然的心性。

人们初临人世的时候，都只是一个头脑空空的婴儿，只懂得饿了要吃，困了要睡，不懂得男女之间的色欲，不懂得功成名就、家财万贯的荣耀，他们什么都不知道，只以一颗纯真的初心，新奇地观望这个世界，享受这个世界带给他们的每一丝欢乐。但经过岁月的洗礼之后，能保留这些纯真的人却很少。世事沧桑，我们都变得自私自利或整天愁眉不展或费尽心机想得到一些东西，所有属于人本身的纯朴逐渐地不留下一丝痕迹。

我们可以懂得人情世故，也可以变得成熟稳重，更可以成为一个气定神闲的勇者，但是，不要忘记最初的方向，不要忘记人生道路的航向，不要忘记曾经义无反顾的决心，不要忘记坚持到底的努力，不要忘记最本真的信仰，不要忘记生命中总会出现的快乐和微笑，不要忘记原来的梦想和想过的生活，不要忘记我们的孤独为谁而来为何而去，不要忘记生命中的诗和远方，不要忘记翻山越岭后寻到的温暖和爱意。

不忘初心，方得始终。

目录

Chapter 1

道路漫长，别忘记出发的模样

Chapter 2

人生永远没有太晚的开始

Chapter 3

青春若有张不老的脸

Chapter 4

你的坚持，终将美好

Chapter 5

在丧失的世界里，给自己一个信仰

Chapter 6

我愿朝着太阳生长

Chapter 7

去你梦想的方向，过你想过的生活

Chapter 8

你的孤独，不辜负走过的路

Chapter 9

生活不止眼前的苟且，还有诗与远方

Chapter 10

最终，你会被世界温柔以待

Chapter 1

道路漫长，别忘记出发的模样

蒙田：“如果容许我再过一次人生，我愿意重复我的生活。因为，我从来就不后悔过去，不惧怕将来。”

生活是一场因果法则

因果法则无时无刻不在生活中发挥着作用，因果法则中所讲的一切都是我们耳熟能详的，比如在生活中我们经常说“种瓜得瓜，种豆得豆”。显然，如果我们想收获幸福人生，就一定要学会播种幸福的种子，从这个角度来说，因果就是有意识的选择行为。

从本质意义上来说，每一个人都是拥有无限选择的选择者，在生活中面临着众多的选择，每做出一种选择，都是在决定我们以后的人生。在我们做出的选择当中，有些是有意识做出的，有些是无意识做出的。做出有意识的选择是我们理解因果法则以及最大限度运用它的最好办法。

不管你承认不承认，不管你喜欢不喜欢，你此刻的生活正是你过去做出的选择的结果。然而不幸的是，许多人的选择都是在无意识的情况下做出的，因此他们不认为那是选择，但事实上，那就是选择。假如我要辱骂你，你很可能做出受到伤害的选择；假如我要拍你的马屁，你很可能做出接受奉承的选择。想一想，你的反应虽然是无意识的，但是它仍然是一种选择。我可以伤害你，但是你可以做出不受伤害的选择；我可以恭维你，但是你可以做出不买账的选择。换句话说，我们虽然是无数选择的抉择者，但是我们当中的大部分人却成了只能进行条件反射的人体器官，不断受到外界人和物的影响做出可以预见行为结果的选择。

我们中的大多数人，作为条件反射的结果，对外在环境中的刺激物都能做出重复的反应和可预见的反应。从表面上看，我们的反应似乎是被外在环境诱发的，但事实上我们忘了，这些仍然是我们在自己存在的每时每刻里做的选择，只不过我们是在无意识中做出了这些选择而已。

如果你能在做出那些选择的时候见证一下的话，那你的见证行动就会把你从无意识拉回到有意识，这有意识的选择和见证过程是极其有作用的。

在你做出选择的时候，不妨先问自己两个问题：第一，“我做出的选择会带来什么样的后果？”你的内心会立刻给你明确的答案；第二，“我做出的选择会给我和我周围的人带来幸福吗？”如果你得到了肯定的答案，那你就大胆地选择吧，但如果你得到了否定的答案，请你立即终止这个选择。

当你做出决定的时候，你的身体能够体验到两种感觉：舒服和不舒服。它可能是很微弱的感觉，但确确实实就存在你的体内。对于有些人来说，舒服和不舒服这个信息存在腹腔那个部位，不过对大部分人来说，是在“心”那个部位。

唯有心知道正确的答案。人们认为“心”是情感丰富、多愁善感的，但实际上并非如此，“心”是有直觉的，它会考虑问题的方方面面，探求事情的前因后果，明白事物之间的联系；它不在乎胜负，并会对一切事物明察秋毫，也许有些时候“心”会显得不那么理性，但是它所拥有的计算能力比一切其他的理性思维都更加精准。

你可以利用因果法则来挣钱、创造更好的物质条件，让一切美好的东西源源不断地喷涌而至。但是首先你必须能够清醒地意识到，你的未来是你此刻选择的结果，你越是能够做出有意识的选择，你就越能够为自己和周围的人做出自发而正确的选择。

一只聋蛤蟆

一个人遭遇的最糟糕的事情就是不能成为自己，不能在身体上与心灵中保持自我。你不必按照他人的眼光和标准来评判甚至约束自己，也不必总是效仿他人，要相信自己。如果你能确定自己是正确的，就要勇往直前地走下去，不要犹豫不决，也不要太在意别人的看法。

一群蛤蟆在进行比赛，看谁先到达一座高塔的顶端。周围有一大群蛤蟆在看热闹。比赛开始了，却听到围观者一片嘘声："太难为它们了！这些蛤蟆无法达到目的，它们不会创造奇迹的！"一些蛤蟆开始泄气了，可是还有一些蛤蟆在奋力摸索着向上爬去。

围观的蛤蟆继续喊着："太难了！你们不可能到达塔顶的！"其他的蛤蟆都被说服停了下来，然而在这个时候，只有一只蛤蟆继续向前似乎没有听到大家的嘲笑声，并且更加努力地向前。

比赛结束，其他蛤蟆都半途而废了，只有那只蛤蟆以令人不解的毅力一直坚持了下来，竭尽全力到达了终点。

其他的蛤蟆都很好奇，想知道为什么就它能够做到。大家惊讶地发现——它是一只聋蛤蟆！

可见一味听信别人的话，便会丧失自己，而与成功无缘。要走自己的路，因为每个人都是独特的——永远不要忘记这一点！你是要成功还是要听别人的话？如果有人说，你无法实现你的梦想！你，就做一个“聋了的人”！

梦想与坚持，再加上自己的主见，这是所有成功者的公式。一个勇于选择自己人生走向的人，往往具有顽强的意志力，能在一连串的挫折中经受住考验，从而锤炼自己的意志力，使自己成为一个勤奋、勇敢和富有创新精神的人。

有一位年老的智者，他有个儿子因为觉得自己长相不佳，所以不愿出门。有一天，智者对儿子说：“你和我一起出去。”

他们一大清早就离开家门，年老的智者骑着驴，儿子走在他身边。这时有人就开始议论：“看看这个人，他骑在驴上休息，却让他可怜的儿子走路。”

第二天，他儿子骑驴，智者在一旁走着。这时又有人说：“你们看看这孩子，一点教养都没有，自己骑驴，让父亲走路。”

第三天，智者和他的儿子都走路，驴则用绳子牵着。“瞧瞧这两个傻瓜！他们居然在走路，好像不知道驴是用来骑的。”那些人又在议论。

第四天，当他们离开家时，两个人都骑在驴上。那些人又大声表达他们的愤怒：“真是可怜啊！看看这两个人，他们对这头可怜的驴丝毫没有同情心！”

于是，智者立刻对他的儿子说：“你听清楚了吗？不论你做什么，人们总是能找得到理由批评你，这就是你不应该担心他们的看法，而应该做你认为对的事，走你自己的路的原因。”

智者与儿子无论怎么做，都会有人来议论，那么他们该按照谁的意见去做呢？其实最好的方法就是按着自己的意愿去做。

小的时候，每个人都有远大的理想。但是后来呢？当我们的年岁增长到可以去实现自己的理想时，四面八方的压力汹涌而至。我们的耳边不断萦绕着别人的议论：“别做白日梦了，你的想法不切实际、愚蠢、幼稚可笑。”在这些议论的连番轰炸之下，你要么完全放弃，要么半途而废。不是事情绝对不可能成功，而是太多的消极意见使你丧失了成功的勇气。只有那些真正意志坚定的人能冲破这些消极意见，走向成功，而且是接连不断的成功。

荷兰女孩吉拉

Instagram（一款分享图片的社交应用软件）上有个荷兰女孩吉拉分享了多张她在东南亚旅行的照片，在泰国海岛潜水、参观寺庙，在曼谷街头坐嘟嘟车，住东南亚风格旅馆，品尝泰国路边美食……

看到这些照片，对于她在东南亚旅行这件事，朋友和家人都深信不疑，直到她说出真相，大家才明白被骗了。这些照片其实是她躲在自己阿姆斯特丹的卧室里PS出来的。

其实，这个善意的“谎言”是吉拉大学毕业设计的一部分。为了证明Facebook等社交媒体上的定位信息和照片并不一定能反映人们的真实生活，她详细地设计了整个“旅行”方案。

在Facebook上发布自己将去东南亚旅行的消息，定时在Instagram上发布新照片，写书介绍她的旅行，半夜发信息给朋友和家人，将自己的房间装扮成泰国的酒店，买一些东南亚风格的纪念品送给朋友和家人。

除了从始至终都了解她计划的男友，没有人看穿她的“谎言”。

“我做这些是为了告诉人们，我们可以巧妙地修改上传到社交网络上的信息，然后每个人都可以在网上创造一个不同于现实的完美人生。”吉拉说。

能拥有不同于现实的完美生活，听上去多让人心动啊。就像你可以随便按一个按钮，一股神奇的力量就立刻能带你飞抵理想的圣土，那里面朝大海，春暖花开，风景温柔。

现实生活的苦不堪言、平淡无奇、无聊透顶，在网络社交媒体上都像是经过一层魔幻的滤镜，继而转变成了五光十色、活色生香。

有一种生活，叫Instagram，这种生活还有另一个耻于说出的名字，它叫虚荣。

为了获得来自朋友或陌生人的一个赞，一句“你好幸福，好羡慕你”，为了营造一个别人眼中可望而不可即的人生赢家，很多人都会在社交媒体上晒男朋友送的名牌包包，晒自己在星巴克喝咖啡，晒自己的土豪男朋友，晒自己在某个富丽堂皇的餐厅吃西餐。

你不知道的是，名牌包包是朋友的，她只是借来拍照而已；去星巴克是跑腿给领导买咖啡；男朋友就是普普通通的人；好不容易咬咬牙去精致的餐厅吃一顿饭也只点最便宜的比萨，甚至不知道如何使用刀叉。

一个在现实世界中默默无闻或是千疮百孔的人，也许在社交媒体中是人人艳羡的对象。

我们都耻于承认自己虚荣，听到别人用虚荣评价自己时，必定据理力争，直到对方哑口无言俯首认输为止。这个叫“虚荣”的标签，被人们当作洪水猛兽，唯恐避之不及。

奴役我们的不是金钱，而是对金钱的迷恋

在拜金主义、享乐主义、投机主义的驱动下，不少人只有一个目标：为金钱而活。但是如果有人缺乏恒心与务实精神，缺乏对自己能力的认可与准确定位，从心理角度上说就会显得异常脆弱、敏感，稍遇“诱惑”就会屈服盲从。

那些容易被金钱控制的人，内心世界是无序的。他们受到外界物质的诱惑，受到权力的控制，很容易在心理上失控。英国小说家菲尔丁说：“如果你把金钱当成上帝，它便会像魔鬼一样折磨你。”高尚的人把钱当作一种流通的货币，可以用在自己身上，也可以用在公益事业上；堕落的人正好相反，他们把金钱看得比生命更重要，因此在缺少它的时候，不惜将手伸向肮脏的罪恶深渊。

刚走入社会的人们，尝到了钱的“滋味”，欲望就紧跟着席卷而来：想要买高档的化妆品，想要买昂贵的名牌服装，想要过高人一等的奢侈生活。因此，越来越多的人成了“卡奴”“月光族”。在当今社会，很多人有很多张信用卡。信用卡泛滥的局面使一些人不由自主地充当了“假贵族”。很多时候，我们只是被信用卡奴役了。试想一下，我们想买几千元的东西，只需要按几个数字就可以得到；信用卡不仅能满足人们的虚荣心理，还能让人们从心理上占有优势。

有的时候，我们花钱只是凭一时的喜欢，因而盲目地买回去很多东西后，又觉得这些东西不是生活必需的，常常会觉得后悔。与其过后后悔，倒不如在开始时就自制。人们对金钱的迷恋让人们有

了花钱的欲望，这也是人们炫耀自己强大的方式。然而，花钱或许能证明这个人在金钱上富足，但并不是内心强大的证明。

人们对金钱的迷恋是一种本能的欲望。当面对琳琅满目的物品时，很多人都会动心，觉得这个不错，那个也很好，但正是这样才导致了家里没用的东西越来越多。这些用金钱获得的战利品会成为人们炫耀的资本。从我们的本能意识出发，面对一个豪华的大房子和琳琅满目的衣服，总会对其拥有者产生羡慕之意，这就是拥有者要达到的目的。他们需要人们对这些物质的膜拜，利用金钱，产生强大的心理效应。

然而，金钱只是财富的一个“代表”，却不是财富的全部。虽然说“没有钱是万万不能的”，但钱却买不来很多东西。有人曾调侃道：“我用一袋子的钱买了一袋子的书，而把这些书卖了，却买不起一个袋子。”这句话很可笑，因为它把知识与金钱的关系放在一种不平衡的位置上。但是当这些书本中的知识填补了大脑的空白以后，无论再多的金钱都买不起用知识武装过的人脑。

我们不该把金钱看成是做好一件事的最高报酬，因为金钱并不能带给人们所需要的一切。钱只是钱，一张能够换取某些东西的纸，我们不能为了这样一张纸扰乱自己的生活，毕竟，这张纸不是万能的。

你占有的东西终究只是工具

“爱抚、把玩、欣赏他的金币，放进桶里，紧紧地箍好。”

这是法国作家巴尔扎克所著小说《欧也妮·葛朗台》中对主人公葛朗台的细致描写，将一个贪欲膨胀的吝啬鬼形象刻画得可谓入木三分。葛朗台将每一枚金币都当作自己的生命，割舍金币，无异于要了他的命，他自然要拼尽全力保全自己的金币，每天看到它们，确定它们还在，他才能安心地睡觉。

像葛朗台这样，将占有的东西与自我紧密交织在一起的人有很多。以典型的占有物——金钱为例，我们都知道，金钱是一般等价物，是人们用来交换生活必需品的媒介物质。本来只是一个简单的工具，可是很多人却与它在心理上建立了亲密关系：金钱属于我，金钱越多，我越强大。所以他们不断敛财，还不用这些金钱来换取什么东西，只是占有它们，看着它们，就得到了满足，心理结构中的自我地位也得到提高。渴望占有金钱、将金钱看作是自我的一部分的人，他们占有的东西被夺走时，他们就会立刻感觉自我被人贬低了，受到了他人的侮辱与打击，自尊狠狠地被摔碎了，他们的情绪失控，心理会立刻崩溃。请设想这样一个场景：一个看起来很体面的人，名下的财产数不清，对你非常谦虚有礼，可是当你从他那里拿走一枚硬币后，他马上愤怒地对你破口大骂，无情地攻击你，仿佛你是他的仇人一样，先前的好形象完全破灭了。这是因为你是在挑衅他的自我，他在心理上承受不了，当然会不顾一切地攻击你。

由此可见，虽然占有的东西让一个人对自我的认同感很强烈，让他在人群之中感到很有面子，可是同时也破坏了他内心强大的指数，他所占有的东西哪怕遭遇一点点的风吹草动，他的精神就会立刻紧张起来，他的担忧也会马上产生，他会进入警戒状态，防范一切危险。如果占有物不幸被夺走了，这意味着他的自我也被打败了，此时他会做出更加过激的事情来，就像前面描述的那个场景一样，展现出一个内心虚弱的人是如何被占有欲摧残的。

因此，想让内心强大的指数重新回升，我们必须割断自我与占有物的联系，自我是自我，物品是物品。此时我们即使失去拥有的东西，可能也只是稍稍感到惋惜，不会动气伤神，更不会形成心病。

占有欲是完全可以克服的，在明白自己占有的东西终究不是自己的，不能凭借占有的东西获得他人真正的尊重时，我们就能立刻回归生活的真挚淳朴。一辈子被占有欲控制的葛朗台，即使在临死时都希望所有的金钱在自己身边，在死掉的那一刻，还是什么都带不走。

可见，想做一个内心强大的人，不被占有欲折磨，必须在思想上有这样的认识：每一样占有物都只是让我们生活更舒适、更方便的工具，而不是凌驾于思想之上的、自我的一部分。

你不可能让每个人都满意

世界一样，但人的眼光各有不同；做人，不必花大量的心思去让每个人都满意，因为这个要求基本上不可能达到。如果一味地追求别人的满意，不仅自己累心，还会在生活和工作中失去自我。

哲学家尼采说：孤独是美的，因为它纯净生活。雕塑家罗丹的说法有些不同，他说：艺术是孤独的产物，因为孤独比快乐更丰富人的情感。还有很多人更喜欢鲁迅说的那句话：当我沉默着的时候，我觉得很充实；我开口说话，就感到了空虚。

在生活中我们常常因为别人的不满意而烦恼不已，我们费尽了心思去让更多的人对自己满意，我们小心翼翼地生活，唯恐别人不满意，但即便是这样还会有人不满意，所以我们为此又开始伤神。很多时候，我们忙工作或者生活花不了太多的时间，我们只是将

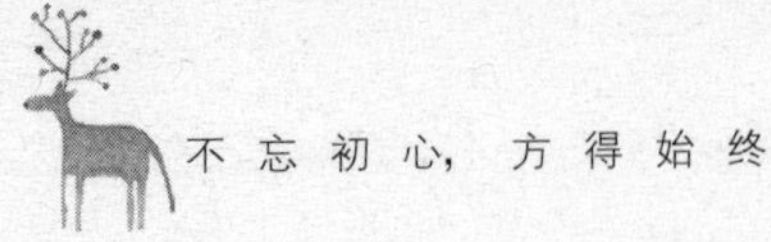

大量的时间都花在了如何使别人满意这件事情上，所以身体累，心也累。

方怡刚毕业1年，她有着充满干劲的拼搏精神，她喜欢画画，喜欢设计，喜欢一切自己欣赏的美好。但是，她并不是艺术专业毕业的，因为当年她高考的时候，听从了家里人的建议，报考了师范类学校。她的父母都是老师，所以他们希望自己的女儿也能成为一名老师。因为是独生女，父母希望方怡能够在自己身边待着，他们的愿望就是能够近距离照顾自己的女儿，看着她，保护她。而方怡的理想是做一个设计师，但是她不想让父母失望，最终还是决定成为一名老师。

这是一个老实巴交的姑娘，毕业后就进入了一所学校，带一批初中学生。教学生和她一开始想的并不同，她每天都要忙到晚上10点多，她要批改作业，要备课，甚至还要考虑如何处理学校的人际关系，如何处理学生之间的矛盾。她没有时间再接触自己的画，也没办法再享受那种沉迷于音乐和电影中的美好感受。她的生活中充满了各种试卷和调皮的孩子。她想着，既然已经做出选择了，就该努力做好自己的工作。

但是，她似乎在教学方面天赋甚少。她的课是学生们熟悉的照本宣科的类型，她本身不是特别活泼的人，所以，并没有和其他的老师、教的同学相处得十分亲密。她意识到了这一点，极力想要表现得与人亲近些，所以，她总是谈论一些自己不熟悉的话题，参加一些自己并不喜欢的社交应酬，不过她的反应过于木讷，所以社交效果并不好。她与同一批进来的年轻老师差距甚大，所以也有人对她的入职进行议论，颇为诟病。学生们也没有当她是一个老师，天真且残忍地嘲笑着她。

每当不知情的人羡慕她休息时间多、福利好、工作稳定的教师职业时，只有她知道自己是在痛苦中挣扎。

她想让爸妈高兴，看见自己有一份不需要他们操心的工作；她想让同事喜欢自己，觉得自己是一个讨人开心的姑娘；她想让学生欣赏，认为自己具备一个优秀教师的风趣。但是，都没有，她什么都没有。

她开始怀疑自己的选择是否错误了，她似乎离快乐越来越远了。

谁都希望自己在这个社会如鱼得水，但你不可能让每一个人都满意，不可能让每一个人都对你展露笑容。通常的情况是，你以为自己照顾到了每一个人的感受，可还是有人对你不满意，甚至根本不领情。每个人的利益是不一致的，每个人的立场、主观感受也是不同的，所以我们想面面俱到，不得罪任何人，又想讨好每一个人，那是绝对不可能的。

做人无须在意太多，不必去让每个人都满意。凡事只要尽心，简简单单地过好自己的生活就行。

人本身是没有可比性的

人本身是没有可比性的。不会有人将自己多长一根手指当作炫耀的工具，也不会有人因为自己头发多而沾沾自喜。人们的比较大多来自身外之物。襁褓期间，婴儿运用触觉比较谁的疼爱多，借着哭声表达自己的不满；上学读书时，又比较谁的分数高，计较老师是否偏心；踏入社会以后，则比较谁的待遇好，计较老板是否公平；父母去世了，还要比较谁的财产分得多，计较遗嘱是否公正。比较、计较多了，纷争也就随之而来。自古以来七国之争、八王之乱等兄弟反目、骨肉相残的惨剧比比皆是，这些悲剧莫不是由比较、计较引起的。

不恰当的比较会让人的心理产生扭曲，它产生的错觉会导致心理和行为上出现一系列变化：或自高自大，或自暴自弃，或妄自菲薄。这些不恰当的心理对一个人的生存与发展极为不利，对他的学习、工作和生活也有很大的妨碍。

一个人在与别人比较的过程中，觉得自己高人一等，这就容易让自己停滞不前，甚至后退；若自暴自弃，则永无成功的机会。如果一个人因为比较而失去了信心，使自己的潜能得不到充分发挥，他就会处于自卑感和失败感的控制之下，长此以往，他就会变得胆小，从而产生消极的情绪和形成消极的性格，最终导致出现心理疾病。

李强是一个十分爱比较的人。每次朋友聚会，他都会在心里与朋友暗暗比较，听说朋友的工资不高，他就十分开心，大肆炫耀自己的工作好，待遇高。听说朋友住的条件不好，他就和朋友炫耀自己住得舒适。日子长了，朋友们都不愿意再和他来往。李强觉得朋友都不如他，也不再与朋友往来。

李强与朋友比来比去，其实是想通过外在事物的差异来显示自己的优越性，这种比较只是一种物质的比较。人的生命和价值是不能比较的，能拿来比较的是那些可以用金钱衡量的事物以及一个人的身份地位等。

李强喜欢压制不如自己的人，这是因为他内心弱小，害怕别人比他强大，才会拿物质来炫耀自己。如果他遇到比他身份高贵、挣钱多的人，他自己在心理上就会弱下来，立马产生自卑心理，觉得自己什么都不如别人。

一个人的双眼总盯着别人是否有钱，是否有地位，就很难去充实自己的内心。真正强大的人，重视的是自己的内心是否丰盈，是否愉悦。而外在的金钱、名誉和声望对他们来说都是身外之物，拥有了只是点缀生活，没有也能幸福生活。人本身是一个独立的个体，物质生活只是包装我们生活的一层外壳。所以，人生没有可比性，也不要因为比较、计较而抛弃自己的价值和观念，这样只能在心理上输掉。

生活中没有非此即彼

海子说："你来人间一趟，你要看看太阳，和你的心上人，一起走在街上。"

玲玉深深迷恋着这句话。

我们的心，总是时时张望着摘不到的月亮。于是，人生之中，总也少不了因得不到而产生的痛楚，以及因不珍惜手中所有而导致的遗憾。

玲玉迷恋海子所描述的人生状态，是因她从未有机会和她爱的人，手牵手走在街上。

一个人到底有多少面？哪一面才是最真实的？

玲玉是父母眼中的好孩子，是丈夫眼中的好妻子，是孩子眼中的好母亲。人们都认为，这便是她的全部。只是，她的左心房如斯平静，如溪水缓缓流过平原，而她的右心房却暗流涌动，澎湃似潮，如狂风卷起的浪尖。

32岁的她，有家庭有孩子，却依然天真如少女，不顾一切地爱着在另一个城市工作的男人。每隔一段时间，她便以工作出差为由，买一张机票，穿越万水千山去看他，不求与他长相厮守，唯求只争朝夕的欢愉。

她心如明镜，在她触手可及的地方，安放着一份真切的爱，远方的那个人则随时可能将自己抛弃。然而，细水长流固然稳妥，到底少了些许激动人心的涟漪。在爱情中，总有些热情的蠢货，奋不顾身地潜入黑夜，以为只要一直向前，便能走向黎明。殊不知，心盲时，即便周遭满是阳光，亦是伸手不见五指。

最亲密的好友问她，这样累不累，她点头；这样值不值，她也点头。之后，她反问好友，你是愿意与一个爱自己的平凡男人，一辈子离不开柴米油盐，琐碎至老，还是遵循内心的旨意，爱自己所爱，哪怕生活动荡不堪。好友并没有给她确切的答案。

生活中没有非此即彼，如今的世界也早已不是非黑即白。

玲玉自始至终都愿意做一枝艳丽如血的红玫瑰，成为远方男人心口上的朱砂痣，即便有一天终会凋零，但到底是开过的，总也好过脚下那株不起眼的白玫瑰。

她是那样义无反顾，以至忽略了红玫瑰不只有朱砂痣这一种结局，在被远方亦有家室的男人牢牢拿捏在手的那一刻，她已成为墙上的一抹蚊子血，姿态是那般难看。白玫瑰是平凡了些，但被人捧在手心时，也有着别样的美丽。

那一日她匆匆吃完早餐后，便坐上通往他所在城市的航班。3个小时之后，她又搭乘出租车去他指定的宾馆。途中，因急着与他见面，玲玉一直催促司机开快些，以至拐弯时，与迎面而来的公交车相撞。

迷迷糊糊之中，玲玉拨通他的电话，他听闻她的情况之后，却迟迟不来。她心灰意冷，第一次觉得这座城市如此陌生。无奈之中，她只得拨打丈夫的电话。丈夫先请在这座城市工作的前同事把她送往医院，后又订了最早的航班，飞到她身边。

她躺在病床上，想起海子还这样说过："远方除了遥远一无所有，更远的地方，更加孤独。"

旧梦醒了，过程清晰毕现，如若再去纠缠，即是一种贪婪。

她终于注意到了脚下那株素雅的白玫瑰，它正开着清淡的小花，洁白似雪，在微风拂来时，散着浓淡适宜的香味。

丈夫坐在床边，紧紧握着她的手，眼中满是害怕失去她的惶恐。10多年来，她第一次睡得这么安心。

我们不远万里去追寻心中所爱，因而眼前的灯火阑珊处总有人轻声哭泣；我们总是情愿为男一号背叛所有人，却不曾发现男二号的微笑是如此迷人。

多年前，她不甘于平淡，总觉得左心房承载的生活，如死水般了无生趣。如今，她终于知道了生活的真相——细水长流，才是最美的风景。

快乐时，有人分享；痛楚时，有人分担。想必，世间女子，所求莫过于此。

生活里的“快进键”

如今的城市太大，一个“快”字成了生活的重心，生活节奏之快有目共睹，人们经常会因此而抱怨自己忙得像个永不停歇的陀螺。美国精神病学会也发现，一种名为“快节奏综合征”的病正在全球悄悄蔓延。人们行色匆匆，说话风风火火，吃饭风卷残云。白岩松曾在书中写道：“我们行走得太快了，以致把灵魂都丢在了后面。”现代人的生活节奏就像上紧的发条，马不停蹄。快节奏的生活给现代人的情绪带来了恶劣的影响，你肯定也有过这样的体会：莫名其妙地发脾气、烦躁，看什么都不顺眼；坐公交车、地铁，看旁边两个人有说有笑就来气；别人不小心踩了你的脚，你就像找到发泄的渠道一样，跟人大吵一架……其实，这些坏情绪都是压力带给你的，当压力越来越大，你的情绪就越来越差。然而，这还不是最可怕的。最可怕的是一旦压力超过了你的心理承受极限，大脑神经系统功能就会紊乱，就出现失眠、头痛、焦虑、强迫、心慌、胃部不适等精神症状和躯体症状，进而引发身体疾病。

陈先生是一家企业的营销主管，每年的销售任务都很重，同行业竞争又特别激烈。他说自己都快成“空中飞人”了，一个城市接一个城市地出差，没有节假日，有时候午饭都没时间坐下来吃，常常是边走边吃边思考。最近他经常感到胸闷不舒服，刚开始没有太在意，后来，情况更加严重，出现了气短、心跳加快、出虚汗等现象，到医院检查才知道患了冠心病。

在生活中，像陈先生这样的人还有很多。由于工作节奏不断加快，人们身不由己地过着超速的日子，许多人在不知不觉中损害了自己的身心健康。人们不得不时时刻刻想着自己的工作，累了、倦了、病了也要坚持，因为他们害怕一旦慢下来、停下来就会被别人超越，那么以前的努力就全白费了。在这种思想的控制下，人的精神处于越来越紧张的状态。受压抑的感情冲突未能得到宣泄，就会在肉体上出现疲劳症状，导致心理疲劳，甚至引起心理的扭曲变态。在此种情况下，一旦发生弹性疲乏，势必造成精神上的崩溃。

长期从事快节奏工作的人还会出现神经衰弱的各种症状，例如烦躁不安、精神倦怠、失眠多梦等神经症状，以及心悸、胸闷、筋骨酸痛、四肢乏力、腰酸腿痛和性功能障碍等其他症状，甚至可能引发高血压、冠心病、癌症等疾病。可以说，快节奏工作的人永远在寻找“奶酪”，但永远无法跷起二郎腿享受“奶酪”。

因事情过多而焦虑的人，要根据自己的实际情况安排好生活。明确什么时候应该做什么事，不要随意变动。最好，每天列一份详细的“计划表”，把需要做的事情都按照轻重缓急排个顺序，先把最重要的或时间最紧的做完，不那么紧急的可以往后放，这样才能腾出时间让大脑休息。此外，还要适当放慢生活节奏。作为一种健康的生活方式，慢生活正在一些地方渐渐流行起来，不少嗅觉灵敏的人已经接纳这股潮流，并通过身体力行将慢生活进行到底，如走路时有意放小放慢步子，吃饭时多吃5分钟等，这些生活上的小细节对于调整忙碌的工作状态也很有帮助。

Chapter 2

人生永远没有太晚的开始

福楼拜："人的一生中，最光辉的一天并非功成名就那天，而是从悲叹与绝望中产生对人生的挑战，以勇敢迈向意志的那天。"

所谓命运，不过是我们失去的自我

我们都会相信：我们每个人都有属于自己的社会面具，但我们很难相信这种面具有一天会生锈，再也取不下来，使我们丧失人生中最美好的时光。美国超级畅销书《盔甲骑士》中讲述了这样一个故事。

有一位心地善良、英勇善战的骑士，他屡立战功，受到国王和百姓的赞赏，获得了一副金光闪闪的盔甲。骑士身披闪耀的盔甲，随时准备跳上战马，向四面八方中的任意一个方向冲去，向邪恶的骑士挑战，杀死作恶多端的恶龙，拯救遇难的美丽少女……即使在家里，他也穿着盔甲自我陶醉，吃饭睡觉时都不愿意脱下。他美丽的妻子朱丽叶和可爱的儿子克里斯托弗都记不清他的面容了，最后连他自己也忘记了自己的真面孔。

终于有一天妻子对他说："你爱盔甲远甚于爱我。"她和儿子准备离开他了。这时，骑士才感到惊慌，他想脱下盔甲，可是盔甲已经生锈，再也脱不下来了！骑士去请求全国最有名的大力士铁匠帮忙，却无功而返。骑士终于意识到问题的严重性，于是他做出了一个重大的决定，到远方寻找能解开盔甲的人。在国王的小丑乐袋的指点下，他决定去漫无边际的大森林中寻找亚瑟王的老师、神秘的魔法师梅林。

从此，骑士在梅林的指导下开始了解脱盔甲、寻找自我的征程。就像那个快乐的小丑乐袋所说的那样——万般痛苦须遍尝。骑士的历险征程处处险象环生，在历经沉默之堡、知识之堡和志

勇之堡后，骑士终于在真理之巅“悬崖撒手”，放下自己人格的面具。发自他内心深处的泪水，最终融化了已经锈住的盔甲。

正如骑士一样，我们在繁忙的世间，在日复一日的生活和工作中，为了保护自己，穿上了层层包裹的沉重盔甲。终有一天，我们会和骑士一样，发现它竟然再也脱不下来了，所以在这个世界上才有如此之多的“骑士”终日在外征战，渐渐遗失自我。正如李嘉诚先生所言：“骑士习惯了成功，没有注意到盔甲已开始生锈。”

因为这些盔甲，我们再也感受不到一个吻的暖意，再也闻不到空中飘来的花儿的清香，再也无暇聆听触动心扉的各种天籁，而最可怕的，是对这种种“感受不到”无动于衷。

骑士也许不比我们大多数人聪明，但他比我们大多数人都要勇敢。为了认识真正的自我，为了学习如何爱自己、爱别人，他穿着当啷作响的盔甲，拖着羸弱的身体，穿过沉默、知识和志勇三座古堡，靠自信战胜了“疑惧之龙”，终于踏上了真理之巅，重获自由的身体。当读到骑士借由全然自由的心灵，最终体会到与宇宙融为一体的奇妙感受时，一路跟随骑士或喜或悲、或哭或笑的我们，在掩卷的那一刹那，也不禁为之动容。

其实，人生就是一个不断找回自我的过程。世人在一味追求外物的时候，很少能够去注意自己，并意识到自己的重要性。丧失自我，是现代人痛苦的根源。一个人如果失去了独特性，丧失了个性，丧失了对自我生活的理解，那就意味着他对这个社会可有可无，谁都可以代替他，他也就没有了存在的价值。

当没有人主宰自己的灵魂时，灵魂就会盲从别人。生命的可贵之处，在于做自己，走自己的路。你无法取悦每一个人，如果你试着去取悦每一个人，那你将会失去自我。

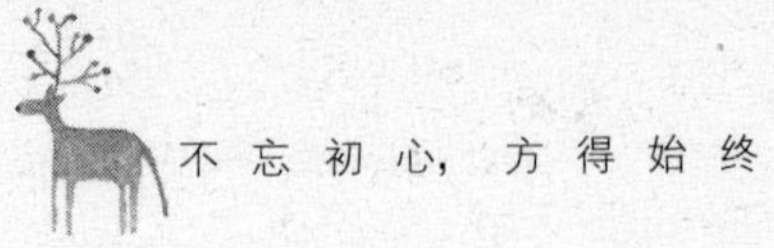

人的自我认定往往是受经验的影响或听从别人的看法。你把什么套在自己的身上，给自己贴上什么样的标签，你就会成为什么样的人。你怎样认定自己，你就会有怎样的人生。

去找回失去的自我吧，认识自己，认识自己的能力，认识自己的快乐，走出平庸，真正踏上人生的征途。

每个人都是自己思想的产物

法国著名哲学家布莱士·帕斯卡曾说：“人只是一棵芦苇，自然界最脆弱的，是一棵运用思想的芦苇。”的确，人的思维有着了不起的能量，它不仅能改变人本身，还能改变人的意识。思想是创造的前提，正是有了思考，人们才能将自己的意识能量发挥出来。

在威斯敏斯特大教堂地下室的墓碑林中，有一块墓碑上刻着这样的话。

“当我年轻的时候，我的思想从没有受过限制，我梦想改变这个世界。当我成熟以后，我发现自己不能够改变这个世界，我将目光缩短了些，决定只改变我的国家。当我进入暮年以后，我发现自己不能够改变我的国家，我的最后愿望仅仅是改变一下我的家庭。但是，这也不可能。当我躺在床上，行将就木时，我突然意识到：如果一开始我仅仅去改变我自己，然后作为一个榜样，我可能会改变我的家庭；在家人的帮助和鼓励下，我可能会为国家做一些事情。然后，谁知道呢？我甚至可能改变这个世界。”

许多世界政要和名人看到这篇碑文时都感慨不已。年轻的曼德拉看到这篇碑文时，有了醍醐灌顶之感，觉得从中找到了改变南非甚至整个世界的金钥匙。回到南非后，这个原本赞同通过“以暴抗暴”来填平种族歧视沟壑的黑人青年，改变了自己的思想和处世风格，从改变自己、改变自己的家庭和亲朋好友着手，历经几十年，终于改变了他的国家。

这篇碑文应该也在某种程度上触动了我们的心灵，的确像上面所说的那样，先改变自己的思想，才有可能改变家庭、国家，甚至是整个世界。

要想撬起地球、改变世界，最佳支点是一个人的思想。有人说，思想是人生最大的财富。爱因斯坦也说过：“人们解决世界的问题，依靠的是大脑思维和智慧。”所以，让你发生改变的不是外在的环境，不是你所拥有或者一直羡慕的财富，而是你的思想。

我们会看到有些人因为失败而伤心难过，也会看到一些人始终保持着对成功的渴望，但是外界环境总会在人们实现理想的路上摆上一些坎坷和磨难。爱情不顺利、工作不理想、生活太平淡，激情找不到释放的出口，于是，很多人开始烦躁不安、夜不能眠、食不知味。巨大的精神压力让人们感受不到生活中的快乐，而导致这种境况产生的根源，是我们的思想。其实，人们的生活不是由外在环境决定的，而是由占据其头脑的思想决定的。这个思想是人们的意识，也是人们内心强烈的能量。

一个意识坚定的人，他的思想也不容易受到牵制。每个人都是自己思想的产物，也受制于自己的思想。如果人们内心强大，就能获得来自思想的巨大能量，这股能量可以帮助我们获得自己想要的。相反，一个内心弱小的人，思想没有体系，他很容易受到外界环境的制约和影响，也很难有开阔的思路将想法付诸行动。

人们要发展，要赢取自己想要的东西，都需要思想来牵引。我们需要的东西也是思想塑造而成的。所以，我们要学会从思想中获得能量，意识到自己内心深处的需求。

让一切重新开始

无论过去我们曾经失去过什么，或者做过什么，都可以重新开始。一味地沉浸在痛苦之中的人，就像是一个关上了自己未来之门的人，看到的永远是曾经的伤心、失落和不幸。其实，在另一个窗口，可以看到明媚的阳光、蔚蓝的天空、自由飞翔的小鸟，以及绿油油的麦田，一切都生机勃勃，绿意盎然。所以，我们要勇于丢弃旧我，接纳新我。

丢弃旧我，接纳新我，就如同一个人想往自己的衣柜里再放进去一些新衣服，但是旧衣服挤满了柜子的空间，只有拿出那些旧衣服，才能给新衣服腾出空间。有人觉得旧衣服拿出来扔掉太可惜了，但实际上这些衣服的利用率极低，放在衣柜里也只是占空间。心也一样，如果存了过多过去灰暗、悲伤的事情，那么，未来幸福、美好的感觉就永远无法填进你的大脑，你也不会快乐。

人生一世，花开一季，谁都想让此生了无遗憾，谁都想让自己所做的每一件事都恰到好处，但人不可能没有错过，不可能不走弯路。

美国哈佛大学要在中国招一名学生，这名学生的所有费用由美国政府全额提供。初试结束了，有30名学生成为候选人。

考试结束后的第10天，是面试的日子。30名学生及其家长云集在饭店等待面试。当主考官劳伦斯·金出现在饭店的大厅时，他一下子就被大家围了起来，学生和家长们用流利的英语向他问候，有的甚至还迫不及待地向他做自我介绍。这时，只有一名学生，由于起身晚了一步，没来得及围上去，等他想接近主考官时，主考官的周围已经水泄不通，根本没有插空而入的可能了。

于是他错过了接近主考官的大好机会，他觉得自己也许已经错过了机会，于是有些懊丧起来。正在这时，他看见一个异国女人有些落寞地站在大厅一角，目光茫然地望着窗外，他想：身在异国的她是不是遇到了什么麻烦，不知自己能不能帮上忙？于是他走过去，彬彬有礼地和她打招呼，然后向她做了自我介绍，最后他问道："夫人，您有什么需要我帮助的吗？"接下来两个人聊得非常投机。

后来这名学生被劳伦斯·金选中了，虽然在30名候选人中，他的成绩并不是最好的，而且面试之前他错过了跟主考官套近乎、加深自己在主考官心目中印象的最佳机会，但是他的无心插柳之举为他赢得了这次机会——那位异国女子是劳伦斯·金的夫人。

这件事曾经让很多人感到震动：原来错过了美丽，收获的也并不一定是遗憾，有时甚至可能是圆满。

许多的心情，可能只有经历过之后才会懂得，比如感情，痛过之后才会懂得如何保护自己，傻过之后才会懂得适时坚持与放弃。在得到与失去的过程中，我们慢慢地认识了自己，其实生活并不需要这些无谓的执着，没有什么真的不能割舍，学会放弃，生活会更容易。

因此，即使你感觉人生处于最困顿的时刻，也不要为错过而惋惜。失去的折磨会带给你意想不到的收获。花朵虽美，但毕竟有凋谢的一天，请不要再对花长叹了。因为可能在接下来的时间里，你将收获雨滴的温馨和细雨的浪漫。

昨日的阳光再美或者风雨再大，也不会在今日再出现。既然如此，我们就好好把握现在，充满希望地面对未来。失败在很大程度上标志着一个新的起点，它是通向成功道路中的一道绚丽风景，是失败者东山再起的一块基石。

人生可以随时重新开始，即使只剩下生命中的最后24小时。一个人只要还能思考，还有梦想，就一定可以重新开始自己的人生。但是为什么，有时我们明明知道自己已经错了，还是要继续错下去，或是已深陷痛苦之中，却仍然不愿逃离呢？如果明知这条路不适合自己，再走下去结果也只是枉然，何不立即舍弃重新开始呢？

世界很大，我们很小

有时候，限制我们走向成功的，不是别人拴在我们身上的锁链，而是我们为自己设置的局限。高度并非无法打破，只是我们无法超越自己思想的限制；没有人束缚我们，只是我们自己束缚了自己。跳出自我的小世界，我们会发现，世界如此之大，自己又是如此渺小。

几年前，他信心十足地说：“恐怕在20万个父亲中，你才能找到一个像我这么了解孩子的人！”但在女儿进入高中后，他的这种信心逐渐动摇了。在一次按约同老师通话后，他的信心基本崩溃了。因为老师不容辩驳地说了他女儿一大堆“必须及时改正”的缺点，太过自我，什么建议都不听，并得出了“没有数学脑子”“缺乏逻辑思维能力”等可怕的结论。在这种情况下，他的女儿，终于说出了这句话：“爸，我厌学了……”

这样苦苦挣扎到高三，他把女儿送到了美国。在经历了一段痛苦的适应期后，好消息不断从大洋那边传来。

几个月后，他的女儿不仅取得了很好的考试成绩，还得到了几份美国老师写给大学的推荐信。这些信，都写得热情、具体、亲切、自然。

她在国内曾经被老师批评为“没有数学脑子”，而她的美国数学老师却说她“在数学和解决难题方面有显著特长，经常以自己优雅而且具有创造性的方式解决难题，完成数学证明”。

语法老师说她“对细节和微妙的语法差别有敏锐的目光，能成功地记住新词汇并在文章中创造性地运用，能用轻柔的语言轻松地表达自己的想法”。

英文老师称赞她“对学习感到兴奋，能在学习中探索智慧”，并且还令人吃惊地写道：“人格的力量，这就是全部。这就是麦粒和谷壳的区别，这就是她的内在。不自负，不自私，不虚伪。我以性命担保她行。”

这些评价无疑让女孩获得了成功。从某种意义上讲，这个女孩从前太过封闭，不去接触新鲜事物，当她接触到新的事物时，她就打开了通往世界的大门。

那么，怎样才能跳出自我的小世界呢？

（1）自我调整。美国经营心理学家欧廉·尤里斯教授提出了能使人平心静气的三项法则：“首先降低声音，继而放慢语速，最后胸部挺直。”

（2）闭口倾听。英国闻名的政治家、历史学家帕金森和英国知名的治理学家拉斯托姆吉，在合著的一书中说：“假如发生了争吵，切记免开尊口。先听听别人的，让别人把话说完，要尽量做到虚心诚恳，通情达理。靠争吵绝对难以赢得人心，立竿见影的办法是彼此交心。”愤怒情绪发生的特点在于短暂，“气头”过后，矛盾就比较容易解决。

（3）理性升华。当冲突发生时，在内心估计一个后果，想一下自己的责任，将自己升华，使自己成为一个有理智、豁达气度的人，就一定能控制住自己，缓解紧张的气氛。

（4）找朋友倾诉。当意识到自己情绪不好的时候，可以找最好的朋友或者最交心的同事，向他们诉说。因为他们往往能从客观的角度来看待问题，弄清楚问题的症结所在，找出解决的方法。

（5）转移视线。在情绪不好的时候，可以看书，或者参加一些体育运动来转移注意力，也可以做有氧运动。

卖鱼的年轻人

一位学者曾经分析出这个世界上有三种人：第一种人只会回忆过去，在回忆的过程中体验感伤；第二种人只会空想未来，在空想的过程中不务正事；只有第三种人将现实与理想完美结合，高瞻远瞩，脚踏实地地做好眼前的每一件事，然后一步一步走向成功。

可以说，一个人的愿望决定了对事实的设定。总盯着结果的人一定会在意这一结果是成功或者失败。问题在于，事情的结果从来不会因为这种关注而变得顺利。人越是执着于维护结果，就越暴露内心的弱小。因为害怕失败，或者因为承受不起失败的后果，就会在事情还没有开始时就战战兢兢地盯着结果，这种人的内心是脆弱的。因为脆弱，更在乎结果怎么样。这种在乎是一种自我安慰和保护。人在意结果的得失，是因为想通过好的结果给自己建立强大的心理优势。然而，一直盯着结果却容易让人荒废眼前的事情，等到失败了再抱怨上天没有给自己机会。

一个年轻人在集市上卖鱼。他每天早起去河里捞鱼，捞完鱼就拿到市集上卖。虽然生意并不是很好，但足以养家糊口。一天年轻人遇到了儿时的一个小伙伴，这个小伙伴早在几年前就出去做生意了，在外面发了大财，现在是衣锦还乡。年轻人羡慕不已，他立志以后要捞更多更好的鱼变成有钱人。

为了实现这个梦想，年轻人每天捞的鱼变成了原来的两倍，然后就拿到市场上去卖。为了卖出更多的鱼，年轻人每天盯着来来往往的人，想着自己卖了很多鱼，赚了大钱。然而，这些鱼并不是每天都能卖完。日复一日，年轻人家中积攒了很多没有卖出去的鱼。年轻人每天看着这些鱼，想象自己一转身就变成了有钱人，也不考虑怎么将这些鱼推销出去。

期望成为有钱人并不是一件坏事情，但是一直沉浸在对结果的幻想中，总盯着结果看，却忘记了怎样才能把鱼卖出去。年轻人急着想通过赚大钱来证明自己，建立心理优势，这实际上正表明了他内心的虚弱。他太想要获得最后以卖鱼发财的结果，以致他无法看清事实：只有解决了日日卖鱼难，卖出去更多的鱼才能获得财富。

人想通过成功的结果给自己增加自信，其实是想掩饰自己内心的虚弱。一旦失败他就会难以接受，并抱怨自己没有做好眼前的事情。所以，花心思做好眼前的事情，一步一个脚印地走，吸纳过程中有用的东西，才能应对纷繁世间的变故。

博物学家拉马克

人的一生忙忙碌碌，有的人在努力赚钱养家，有的人在努力实现毕生理想，还有的人在追求快乐……但无论是哪一种，只要是真正的自我发出的声音，对人生的真实呼喊，都是有意义有质感的。可是有的人忙碌一生，却始终在人前扮演假自我，在没有人观赏的时候，才释放真的自我。更有甚者将真实的自我杀死，使假自我贯穿一生，这样的人生是可悲的，苦心所做的事情也是徒劳的。

德国著名思想家约翰·沃尔夫冈·冯·歌德说过："一个人不能同时骑两匹马，骑上这匹就要丢掉那匹。"的确，人的精力有限，希望什么都抓住，最后注定什么也抓不住。而专注地做一件事却不同，它能让人把所有的能量都聚集在一点，让人们获得更强大的力量。在面临抉择的时候，唯有把精力集中到对自己真正有价值的东西上，才能让集中的力量发挥最大的作用。这样接下来走每一步都会心无旁骛，在最短的时间内到达胜利的彼岸。

法国的博物学家拉马克是11个兄弟姐妹中最小的，最受父母宠爱。他的父亲希望他长大后当牧师，便送他到神学院读书。可他却爱上了气象学，想当个气象学家，整天仰首望着多变的天空。没多久，他又在银行找到了工作，想当个金融家；后来他又爱上了音乐，整天拉小提琴，想成为一个音乐家；再后来，他的一位哥哥劝他当医生，于是他又学医4年。一天，拉马克在植物园散步时，遇到了法国著名的思想家、文学家卢梭。受卢梭的影响，“朝三暮四”的拉马克确定了自己的奋斗目标，他用26年的时间系统地研究了植物学，写出了名著《法国植物志》。后来，他又用35年的时间研究动物学，成了一位著名的博物学家。

拉马克的一生正是一个探寻人生价值的过程。他从开始的盲目、“朝三暮四”，到后来“确定了自己的奋斗目标”，并潜心研究，最终获得了成功。大多数人都会经历拉马克最开始的过程，因为他们不知道什么才是生命中最有价值的东西。他们总是到处乱撞，找到一样事物，他们认为很好、很有价值；再找到一样，他们会认为新找到的更好、更有价值，因此放弃了前面找到的。生命总是在这样不断寻找、不断丢弃的过程中前进，结果终其一生，他们手中握有的只是最后找到的，但不一定是最好的。

纷乱的世界让人们的视线顾此失彼，常常被各种各样新鲜的事物迷惑，心思难以沉静下来，自然无法判断事物价值的高低。每个人都只有一个大脑、一颗心，如果把注意力分散到各个领域，得到的自然也是零散的回报。在迷乱的时候，我们要看清自己最需要什么，哪些对我们最有价值，找到事情最有用的一面加以利用，这样我们才能从中找到力量。

未来是一个概率问题

恐怖片营造恐怖气氛的一个惯常做法就是不断用阴森紧张的音乐渲染气氛，恐怖之源总是隐藏在未知的地方，在谁也想不到的时候出现，这样达到的效果是惊人的，会深度激发人的恐惧心理。如果一个人长期处于恐怖片那种不确定事件频发的状况中，那么他的内心一定会崩溃。

人最害怕的是不知道会发生什么，而不是要发生什么。如果一个人知道第二天上午8点钟有一场地震，虽然深深地明白地震是一件多么恐怖的事情，他也能抛开心理作用，运用头脑思考应对地震的办法，或是逃到别的地方去，或是准备充足的水和食物。如果这个人不清楚地震将要发生，他只是看到天气有异常，且周遭的事物也都很不寻常（例如大量动物迁徙等），而他所掌握的知识又不能告诉他这其实与地震相关，那么此时的他心理最为脆弱，身边的风吹草动都能引发他内心的恐慌。

在接下来的时间里，这个人会在心中不断猜测，究竟要发生什么，要发生的事件会不会对自己构成威胁，究竟什么时候发生，他对未来掌握的信息越少，他心中的恐惧和焦虑就越多。思考这些对于确定未来没有帮助的问题，不仅会影响这个人正常的生活，还会让他非常痛苦，感觉到自己实在是太渺小了，像一只小蚂蚁，随时会被未来可能发生的事情碾碎。

幸好我们生活的时代拥有了科学作为后盾，如果是在蛮荒时代，这种恐怖会更深重一些，人根本没有力量与大自然抗衡，因而随时会失去生命。但是后来人们为了让未来多一点确定性，让自己内心的恐惧少一些，不断地总结身边的经验，并将它们上升到规律的高度，然后用这些规律来推算接下来要发生的事情，就能确定一切了。

在科学技术的帮助下，人们能按部就班地做事情，生活处于一种稳定的状态中，人们可以运用自己掌握的知识打破不确定性，所以此时人的心理结构也最为牢固稳定，不用为不确定的事情担心忧虑。

虽然现在科学已经发展到一个很高的程度，可还是有很多事情是科学解释不了的，更有很多不确定因素是人类无法消除的。举一个非常简单的例子，在这个复杂多变的世界里，很少有一件事是完全由个人意愿决定的，很多都是由两个人甚至更多人的作用和影响决定的，我们可以单方面决定自己，但不能左右另外的人如何想、如何做，所以我们不能决定世界的变化，更不能决定世界如何变化。

未来会发生什么事情，很多时候都只是一个概率问题，人可以测算，但不能决定，哪怕一件事发生的概率微乎其微，也不能抹掉这最后百分之零点零一的可能性。

面对这种力量悬殊的尴尬处境，如果人真的钻入这个牛角尖，那么他的内心就始终无法强大起来。虽然寻找确定性是人的本性所在，如果一个人知道将来会发生什么事情，将会遇到什么事情，他还可以把控全局，采取应对之策。但是，万事万物的变化始末是很难把握的，所谓“计划不如变化快”，唯有提高自己对不确定事件的抵受能力，我们才真的能用个人力量来立足于这个世界，不被强大的未知因素冲垮自己的心理防线。

梦想遥远时，看看当下的衣食住行

梦想，是人内心对未来生活的一种美好诉求。对这个充满不确定性的世界来说，一个人确立了梦想，就等于把自己置于未来巨大的变化中，为自己创造一个新的不确定性事件，如此一来，他的内

心感受到的恐惧，反而比那些每天按部就班生活的人要多得多。为了实现梦想，他要付出更多的勇气，拿出更大的信心。从这一点来讲，最后登上梦想之巅的人，不仅是成功界人人学习的典范，还是内心指数强大到爆棚的“超人”。

可是，并不是所有的梦想都能取得这般轰动性的效果。我们可以将梦想分为切实可行的和不切实际的两种。

一个虽然现在看起来遥远，但是可以实现的梦想，人们可以通过制订计划，将这个梦想分解成一段段具体的目标，以此来尽量消除不确定性带来的内心恐惧，用一个比较稳定的心理结构抵挡梦想带来的风险，它就有可能成功实现。

可是，一个不切实际的梦想则全然不同。因为这类梦想不可能实现，没有任何计划能够成功地与它对接。这就导致了不确定性产生的恐惧在人们心中一点没有减少，相反，因为人每一步都走得很迷茫，长时间在梦想的路上没有进展，生活却全因为梦想而被打乱了，结果导致人内心的虚弱越来越深，对自己的否定也越来越重。

在顾长卫执导的电影《立春》中，蒋雯丽扮演了一个叫王彩玲的中学老师，她有一副好歌喉，梦想成为歌唱家，可是她的梦想与现实频频发生激烈的碰撞，她内心的苦闷与挣扎也很少有人知道。

王彩玲不切实际的梦想，或许可以瞬间激发她内心全部的力量，让她蔑视所有人嘲笑的神情。可是一旦梦想展开，她会马上发现，自己无论向哪个方向走，走多久，都好像是一种徒劳，她的梦想如同开在彼岸的花，她只能远远观望。并且，因为梦想与现实格格不入，王彩玲的生活也充满了不确定性。王彩玲相当于被梦想与生活的两种不确定性攻击，她的自我认同感下降了，之前迸发的力量也一点点被消灭了。

由此可见，不切实际的梦想不如放下，多去关注一下衣食住行，这些更能让人的心理结构得以保存完整。

衣食住行是人对生活最基本的心理需求，是实实在在的存在。在人心理结构的这座庞大的金字塔里，如果说梦想是上层建筑，那么衣食住行就是经济基础。没有衣食住行，心理结构就不可能存在，而与衣食住行相矛盾、相排斥的，那种不切实际的梦想，除了摧毁人的心理结构，没有别的作用。

有人对衣食住行有偏见，认为这些是庸俗的事情，是与动物性无法脱离的一种心理需求，不能凸显人在进化上的高级。只有梦想，能点燃人的光芒，是人思想的结晶，是高贵的。可是，只有当我们确定了自己明天有饭吃，有衣穿时，我们的内心感受才是安全的；如果我们明天的衣食都没有保障，需要用猜测来等待明天，时刻都能感受到死亡的威胁，那么内心的感受一定是不安全。

由此得出的结论是，衣食住行不是低级心理需求，是基本心理需求。有梦想固然值得称赞，让人嘉许，可是也要分清哪些梦想是与实际脱离的，哪些梦想能很好地接“地气”，前者会摧毁人的心理结构，而后者会给予人无限的内心能量。选择对了，梦想才有真的可以实现的一天。

行动派和拖延症

心理学家研究表明，现在很多人身上有拖延症，其实不是因为懒惰，而是因为他们内心焦虑。引起这种焦虑的直接原因就是不确定性。

拖延症的一种典型表现就是总是让事情停留在思考层面，永远不付诸行动。很多人都有类似的体验：当经理给你布置一项定期完成的任务时，你也非常清楚这件任务非常紧急，但就是迟迟不动手，直到最后期限到了，时间不够了，才追悔莫及；当你的手中有一篇第二天就要上交的论文，可是你却不断告诉自己还有时间，一直在头脑中构思论文的架构，弄得第二天论文不能按时上交；你计划半年后结婚，女朋友不断在你耳边催促快点去订酒店，拍婚纱照，可是你总是用各种借口拒绝女朋友的建议，最后女朋友一气之下，取消了婚礼。

这样的事情，在有拖延症的人身上发生得实在是太多太多了。

一个人究竟为什么要拖延——也就是为什么只思考不行动——这要从他的心理保护机制说起。如果未来对于一个人来说是一个充满各种可能的不确定性事件，那么他就会产生恐惧。为了消除恐惧，他会在时间轴上画一个点。以上面提到的交论文这件事为例，他画的点就是晚上9点再开始写论文，那个时间和最终时间还有段距离。所以在晚上9点之前，他可以不去行动，只用去思考，他的心理会感到非常安全，对于不确定性事件的恐惧也仿佛消失了。

可是时间并没有停止，晚上9点会准时来到。所以9点到的时候，恐惧又复燃了，因此他一定会再定一个时间点，熄灭恐惧这团火。如此往复这个过程，最后期限到了，论文却没有完成。

这是因为人在思考的时候一切都没有发生变化，这时他是具有安全感的。而行动就意味着变化的开始，他必须要看着自己一点点向不确定性事件靠近，无疑痛苦也在一步步加深。

但是我们都了解拖延症的严重危害，不行动意味着被动，结局就是失败。所以，行动远比反反复复地思量更重要，任何一个有拖延症的人都应该正视这个问题。

能否承受不确定性事件的最坏结果很重要，以那个结婚的例子来说，那个人如果能够承受结婚的最坏结果，也就是未来婚姻破碎的可能，那么他就不会惧怕走入殿堂，反而会为了两个人有美好的婚姻积极努力。

应用心理学之父威廉·詹姆斯教授曾经对学生说："你要愿意承担这种情况，因为，能接受既成的事实，就是克服随之而来的任何不幸的第一个步骤。"如果我们的心对未来有可能出现的最坏一种可能开放，那么就不会再去划定一个时间点给自己安慰，也不用反复思考去避免自己不愿见到的几种可能，我们会放心地将自己的所有精力都投入行动中，用行动去验证可能。

当面对不确定的时候，思考能让我们更清醒地面对事情本身。而行动能让我们的思考付诸实现。面对未来的不确定性，反反复复地思考可能会让事情变得复杂。这时，我们需要一颗强大的心去对抗这种患得患失，消除不确定性对心理的负面影响。此时此刻，再采取的行动就会让不确定的我们找到方向，并产生强大的效应。

只看我有的

美国鬼才导演蒂姆·伯顿导演的一部电影——《大鱼》是非常优秀的奇幻片。这部影片以儿子的视角叙述了父亲充满奇幻色彩的一生，他的父亲就是这部电影的男主角——爱德华。爱德华是一个不愿被世俗束缚，并且对生活充满想象的人，同时，他充满了勇气。他和伙伴去挑衅"女巫"，其他人都被吓走了，只有他将对方当成一个十分普通的女士对待，温和而善意；小镇上为“巨人”怪物所苦，他提出去会见那个怪物，最后发现怪物不过是个身高异于常人的人罢了；他决定走出家乡，去外面更大的世界看看，便义无反顾地走上了旅行的道路；他来到一个奇妙的小镇，那里慵懒、欢快的气氛让他消沉，最终他决定离开这个让人舒适的地方，继续勇往前行；他在看马戏的时候邂逅了一个女孩子，那时，时间仿佛都停止了一样，最后他找到女孩子，并在她楼下摆了满满一地的郁金香；他参加了战争，有了更加奇妙的旅程……爱德华的一生仿佛一个童话故事，但是，爱德华的儿子并不相信他父亲的这些奇遇，他只是觉得爱德华在吹牛。

当爱德华老去，他仍旧喜欢谈论他的奇妙故事，他临死前希望自己能够死在水中。他觉得自己是一条鱼，生于水，也应当死于水，如此自由。

在爱德华去世时，他的儿子看到了那些故事中的人物，他们都来看望老爱德华。虽然他们与故事中的描述有些出入，但是，总归真有其事。

对于爱德华来说，他总是在出发，总是在进行着故事，他的人生总是充满了想象和惊喜。他的快乐源自自己的勇气，他做自己想做的事情，仿佛永远没有沮丧和暂停。

这样的人生充满了新鲜的感觉，仿佛一颗心的跳动，每一次都是全新的。

像这样的勇者，在现实生活中，我们可以想起霍金。世人推崇霍金，不仅因为他是智慧的英雄，更因为他还是一位人生的斗士。

有一次，在学术报告结束之际，一位年轻的女记者面对这位已经在轮椅上生活了30多年的科学巨匠，深表敬仰之余，又不无悲悯地问：“霍金先生，卢伽雷病将你永远固定在轮椅上，你不认为命运让你失去太多了吗？”

这个问题显然有些突兀和尖锐，报告厅内顿时鸦雀无声，一片静谧。

霍金却依然恬静地微笑着，他用还能活动的手指，艰难地叩击键盘，于是，随着合成器发出的标准伦敦音，宽大的投影屏上缓慢而醒目地显示出如下一段文字。

我的手指还能活动，

我的大脑还能思维；

我有终生追求的理想，

有我爱和爱我的亲人和朋友；

……

心灵的震颤之后，掌声雷动。人们纷纷涌向台前，簇拥着这位非凡的科学家，向他表示由衷的敬意。

尽管霍金被永远固定在了轮椅上，但是他依然能够保持恬静的微笑，因为他只看自己拥有的。很多人抱怨自己过得不好，生活得不幸，但如果整天处于烦闷的情绪状态之下，如何体会得到生活的美丽呢？这个世界不缺少善良，这个社会也不缺少感动，在人人都急功近利地追求着自己的梦想时，有几个人能想到“感谢”这个词语？有几个人的确把这个最平常、最容易说出的词语根植在心里，而不是当成脱口而出的一句寒暄？

“身外物，不奢恋”是思悟后的清醒，它不但是超越世俗的大智大勇，也是放眼未来的豁达襟怀。谁能做到这一点，谁就能遇事想得开，放得下，活得轻松，过得自在。

一个人总是对一直挂怀的东西念念不忘，郁闷不已，就没办法做到淡定、知足。

你的人生是贫穷还是富有，是黑白还是彩色，都在于你自己。如果你能接受自己所有的缺憾，接受这份不完整的生命赐予，那么你就能更快乐地活着。对于生命的苦难，你不能把它当成是“谁”的错。你总去看他人的优越面，心中的怨恨就会越来越多。接受自己，接受现实，相信我已富有、已完美，生命将无憾。

Chapter 3

青春若有张不老的脸

三岛由纪夫：“所谓青春就是尚未得到的某种东西的状态，就是渴望的状态，憧憬的状态，也是具有可能性的状态。”

追逐梦想的365天

每个人都有梦想，它代表了人们对人生的美好期待。但是你想过要怎么样去实现梦想吗？或许很多人都会说要为了梦想而努力，但是如果进一步问：你想过该怎样努力吗？可能大多数的人都答不上来，这说明这些人没有想过或者没有认真地想过这个问题。事实上，这个问题很重要，它关系到你的梦想能不能实现或者能在多大的程度上实现。

梦想实现的过程经历寂寞中的拼搏与付出是必不可少的，然而仅仅具备这些还不够，还要有一个详尽的梦想实现计划，才能一步步让我们的梦想接近现实。下面我们来看一则故事，看过之后，相信我们会得到新的启发。

那时主人公19岁，在美国某城市的一所大学主修计算机，同时在一家科学实验室工作。

他酷爱作曲，一直梦想着成为一名优秀的音乐人，出自己的唱片。

出于对音乐共同的热爱，他结识了一位与他同龄的作词的女孩，也正是这位聪慧的女孩让他在迷茫中找到了实现梦想的道路。

她知道主人公对音乐的执着，然而，面对那遥远的音乐界及美国陌生的唱片市场，他们没有任何渠道和办法。某一天，两个人静静地坐着，若有所思，又一无所获，他们甚至不知道目前的自己应该做些什么。突然间，她很严肃地问了他一个问题："想象一下，5年后的你在做什么？"他愣了，不知该如何回答。她转过身来，继续向他解释："你在心目中'最希望'5年后的你在做什么，你那个时候的生活是什么样子的？"

主人公沉思过后，说出了自己的期冀：第一，5年后他希望自己能有一张广受欢迎的唱片在市场上发行，得到大家的肯定；第二，他要住在一个充满音乐的地方，天天与一些世界顶级的音乐人一起工作。

女孩后面的话对主人公意义重大，她帮助他做了一次时光推算：如果第5年，他希望有一张唱片在市场上发行，那么，第4年他一定要跟一家唱片公司签合约；而第3年他一定要有一个完整的作品能够拿给多家唱片公司试听；第2年，他一定要有非常出色的作品已经开始录音了；这样，第1年，他就必须要把自己所有要准备录音的作品全部编曲、排练就位，做好充分准备；第6个月，他就应该把那些没有完成的作品修饰完美，从中逐一筛选；而第1个月他就要把目前手头的这几首曲子写完；因此，第1个星期他就要先列出一个完整的清单，决定哪些曲子需要修改，哪些需要完工。话说到此，她已经让他清楚自己当下应该做些什么了。

对于主人公的第二个未来畅想，她继续推演：如果第5年他已经与顶级音乐人一起工作了，那么第4年他应该拥有自己的工作室；而第3年，他必须先跟音乐圈子里的人在一起工作；第2年，他应该在美国音乐的聚集地洛杉矶或者纽约开始自己的音乐旅程。

主人公在这番时光推演中，找到了自己的人生路线，他让未来决定自己当下应该做的事情。第2年，他辞掉了令人羡慕的稳定工作，只身来到洛杉矶。大约第6年，他过上了当年畅想的生活。

这个故事读起来意味深长。当你决定要通过努力来实现自己的梦想时，学学这位主人公，静静想想，为了实现梦想，你1个星期内要做到什么，1年内要做到什么，5年内要达到什么样的目标……虽然这个过程充满艰辛和痛苦，但是为了达到这些阶段性的目标，你必须完成这些事。

过去的努力，都会成为传奇

你有没有想过，为什么朋友圈晒包晒宝晒恩爱的那么多，却很少有人晒努力？因为那会让别人看穿自己还没完成的价值。

很多时候，我们害怕别人评价自己，却又渴望有人来点评一下。我们需要有人领着我们绕过泥路水坑，却不希望别人肆意指手画脚。

年轻的时候，我们往往无法正确评估自己，归根到底是因为对世界不了解。没有参照，看不到生活的深度，无法确知梦想的方向，都使我们总是笨拙地想要通过别人的评价、能挣到的钱、交到的男/女朋友来获知自己的价值。

蔓蔓刚来到这所北方的大学时，自卑感几乎要把她湮没了。

先是普通话不标准，让蔓蔓每次在众人面前开口说话都感到尴尬万分。

她的家乡是座山清水秀的旅游古镇，每年都有来自全国甚至世界各地的游客，不远万里前来寻找“桃花源”般的静谧美景。也正是因为如此她的家乡太封闭，小学、初中、高中的老师普通话都带着浓重的地方口音。上了大学现代汉语课后，蔓蔓才知道，有些发音，如果小时候没有受过标准化训练，长大后就很难纠正。

因为以前老师教的就是“Chinglish（中国式英语）”，蔓蔓在第一次课堂互动环节一开口，班上就笑倒了一片。为此，她花了很多时间练习口语，在英语角大声读课文，主动找外国学生聊天，但大多数时候在课堂上、众目睽睽下还是会因为紧张过度而磕磕绊绊，连句完整的话都说不好。

上了大学，女生们似乎突然“开了窍”，开始格外重视自己的外表。蔓蔓个子矮，本来在家乡，大家都差不多，她并没有感觉到自己有什么不同。可是在学校，1.68米、1.7米的女生比比皆是，在拥挤的电梯间等候的时候，她只能看到黑压压的人头。男生更高，在路上有人跟她说话，或者跟班上的同学一起走的时候，她都需要仰起头才能跟人正常交流，有好几次，她都能感觉到旁人投来对他们身高差的异样眼光。

这个社会总是给女生更多的宽容，犯了错也可以撒撒娇，个子矮也会被说成是“最萌身高差”，但是刚刚开始步入陌生人海，就受到虽然不是恶意的调侃，不过也足以让一个年仅18岁的少女开始怀疑和讨厌自己。蔓蔓说，无论怎么做，她都好像一个小丑，生活糟糕透了。

大一春季运动会之前，班长找到她：“你来做开幕式上咱班队伍前面举牌的吧？”

蔓蔓一时难以置信：“我？这么矮怎么可以？”

“穿双高跟鞋呗，谁让你是咱班班花呢！”

以前蔓蔓知道自己长得还可以，但从那个时候才知道自己称得上“漂亮”。慢慢地，班上总有男生女生夸她的眼睛好看，夸她五官精致像洋娃娃。

后来，她发现自己搭配和化妆的功力不错，室友每次约会前，都爱找她搭一套，再梳个精致的发髻，逛街买衣服也总要拉上她一起，连参加个小型晚会，都等着她去化妆。再后来，大家发现她很勤奋，成绩也不错，就常常借她的笔记去复印，听不懂的课私底下也经常找她问。

大三的时候，为了考教师资格证，大家都约好了去考普通话证。蔓蔓对自己的口音始终很自卑，想退缩，却被室友硬拉着报了名，然后天天监督她读课文，她也干脆先把面子丢一边，缠着宿舍里的那个北京大妞练儿化音。后来成绩出来，她考了一级乙等，甚至比北京室友的分数还要高。

也是从那个时候起，蔓蔓才开始接纳自己。很多事情真的不是做不到，而是你一开始就被吓到了。虽然在英语口语这件事上，她还是很羡慕那些开口就是“伦敦音”的同学，但她现在起码可以在课堂上流利地说上15分钟，也不会再胆怯得在讲台上面双腿打战。

人人都有长处，当你无法接纳自己的时候，所有的长处就都会被你的内心掩盖。也许每个人都要经历这样的过程，因为别人夸了自己一句，心尖儿就美上天，因为别人不经意的玩笑，就自己把自己打入牢笼。

也许我们都要在暗夜里走很长的路，小心越过那些暗道深坑，才有可能慢慢自信到不靠别人评价依旧知道“我可以”。青春是面对现实一步步去完成的能力，而不是按照别人的标准来打造自己。

《闯入者》

在小众经济盛行的今天，王小帅的电影《闯入者》受到文艺粉的追捧。

不知道还有没有人记得，他2000年拍的一部文艺片，演员比《闯入者》里的更大牌，影片的影响力也更广，几乎没有争议地成为一代人的青春纪念。

一个17岁的农村少年，在北京找到一份送快递的工作。公司许诺他，赚到600块钱的时候，那辆银色变速山地自行车就可以从“暂借”变为他真正拥有。他因此每日都非常勤快，可就在梦想即将成真的时候，那部暂借的自行车丢了。

现在的孩子连自行车都不骑了，可能很难体会到那种心情。那是一个把山地车当今天的宝马看待的年代。

有这样一群人，把一天能换好几套衣服的漂亮女孩当作城里人的象征，一天三餐能吃上排骨面、喝上红糖水就能满足。那时候北京其实已经有了奢华的样子，而他只能凭借快递工作的特殊性进出那些高级的宾馆、住宅区。

他有点儿惶恐不安，面对这城市初显露的五光十色。不过他不怕，因为他有自己的梦想，那就是拥有一辆真正属于自己的自行车。

仓皇的青春，是车丢了坐在马路边眼里要溢出泪来的无助，是在绚丽的北京夜色中奔跑后急促跳动的心。有的人拥有很多，还在继续拥有着更多；而有的人已经没什么可以失去的了，可是还在一直失去。

北京常年灰蒙蒙的天气，正好应了主人公对生活持有的灰色的心。

北京的街头自行车非常多，特别是非主干道的路上、天桥底下，镜头从马路上的混乱车轮往上拍去，城市里众多穿着各式各色的鞋子、裙子、裤子的人，看不见人脸，也看不见那个在自行车上做了记号，淌着泪下决心要把车找回来的男孩子的脸。

他说：“车是我的。”他不知道什么哥们儿义气，不会讲道理，也只认一个理。他从哪里来，为什么要这么辛苦地赚钱。我们一无所知。

当他莫名其妙地被暴打一顿以后，踉踉跄跄地扛起扭曲了的自行车，走过喧嚣的马路，走过众目睽睽的人行道，我想他的心里，除了无助、茫然，更多的是苦楚。他已经有点儿明白这个社会的潜规则，明白有些艰辛其实是没有理由的。

对于苦难的人，仿佛所有的悲剧，都该是你受的，你连反抗的权利都没有。这个现实，多么令人绝望。

你17岁的时候在干什么？

他也17岁，没有规整的校服、皮鞋，不能在宽敞的校园里踢球，不能和大多数同龄人一样，上课时睡觉，下了课去游戏厅。他不能骑着自行车意气风发地在路上吹着风，在拐角遇到喜欢的女生，他卑微得连正面看女生一眼的勇气都没有。

他没有钱，也没有你们嘴里可以挥霍的“青春”，只有眼泪是他自己的，只有一次一次站起来的力气是他自己的。

红灯过后，直行的路口又恢复了车水马龙，而这座城市里人的脸，依旧模糊不清。

这样一个看上去很难引起共鸣的人，其实我们每天都能遇到，其实他就在我们身边，其实他就是我们自己。遇到挫折的时候，那个在灰蒙蒙的天空下不知道往哪儿去的迷茫的身影，是我们自己；无路可走的时候，除了眼泪流下来让自己感觉还存在着的那颗心，是我们自己。

他在我们心里，提醒着我们每一个人，只要你还能站起来，走下去——你拥有的，其实已经足够多了。

“疼痛”不是青春的外衣

从《致青春》到《匆匆那年》，从《何以笙箫默》到《左耳》，80、90后的青春形象被不断地搬上银屏，不少人怀着记忆，想在影片里寻找有自己影子的那些私密而又独特的体验。

恋爱大过天，失恋甚于死，这就是小众青春电影的魅力。

因为太年轻，梦想得不到满足，声音不被人听见，青春总会隐秘地被分成两派：有人早早就学会了抽烟、喝酒、打架，在夜店驻场唱歌，为外校男生/女生争风吃醋打破头，把性、堕胎、代孕当作稀松平常的事；有人在山旮旯的学校里，穿难看的黑色或蓝色的校服，朴实得只知道念书。

一恍然一瞬间，我们不再一起等待下午5点看那些动画片——《舒克与贝塔》《葫芦娃》《大头儿子小头爸爸》《机器猫》《樱桃小丸子》，不再一起兴致勃勃地玩陀螺、纸牌、飞行棋。光阴是这么不动声色地把那些遥远黄昏里的记忆，扫进一地琉璃的角落。

世界瞬息万变，我们在这样的节奏里生活和呼吸，3年、5年，甚至更长，理想会褪色，激情会麻木，还有什么是不变的？青春里的疼痛和寂寞，都是由此而来，而我们却不自知。

越长大越不安，看着梦想的翅膀被折断，也不得不收回曾经的话问自己：你纯真的眼睛哪去了？也突然间明白，未来的路并不平坦。

这和爱情里的惯例是一样的，刚开始的时候，给你一点，你就觉得情深似海，后来即使把心都掏给你，你还嫌不够。人是贪心的，特别是在得到以后，并且不觉得自己拥有的已经足够多。

小时候，有颗糖就可以含在嘴里甜蜜半天，堆个泥城堡也专心致志地像在搭高楼大厦，爬树下水样样在行也不怕脏了衣角，即使被骂也还计划着明天要约小伙伴再去。而现在，世界跟儿时想象得一样精彩繁复，有太多似乎触手可及的乐趣和诱惑。

即使是电视剧里十恶不赦的大坏蛋也有过最纯真的年龄，只是后来我们都变了，往不同的方向走，刚开始可能会结伴而行，也曾天真地发誓要一直这样一起走下去。不过，最单纯的友谊反而没有什么信誉可言，人生中的十字路口在不断增加，甚至不需要妥协不需要争吵就自动地兵分两路，于是慢慢地，就只剩下自己一个人。

一个人行走并不可耻，可耻的是孤单。

《门徒》里有一段经典的对白：“我一直不明白，人为什么要吸毒？直到昆哥死后，我才明白，原来这一切都源自空虚。那到底是毒品恐怖，还是空虚恐怖呢？”

对于青春来说，有时候“孤单”和“空虚”是可以画等号的。

在人山人海里，你无法忍受自己内心的孤独。就像白娘子在雷峰塔里的18年，孙悟空在五行山里的500年，在那些空落落的岁月里，不论你想要什么，都得不到，你不知道梦想是否可以实现，于是你想试遍这世上的所有办法。

在最叛逆的那些时光里，我也曾大声说未来的路我自己走，不要你们管，仿佛是向世界宣告自己的存在，仿佛只有这样，才能证明自己，才能吓跑年少不安的胆怯灵魂；受了伤就只会哭着唱：每颗心都寂寞，每颗心都脆弱都渴望被触摸。随着年龄的增大，不可改变的现状与理想的差距带来的孤单感也愈演愈烈，你会发现，越来越没人在乎你的感受。

因为早高峰你被挤得几次上不了地铁公交，甚至被踩坏了高跟鞋，挤掉了手机，而公司的打卡机只会忠实地记录下你迟到的时间，谁让你不早点出门？

你生病了，感冒、发烧、咳嗽，可能还附带大姨妈，痛苦万分但还是来上班了，领导第N次打回你的方案，你说身体缘故力所不能及，换回的是一句：身体好的时候可以做十分的事情，身体不舒服只能做到五分，既然这样你还不如请假。

你失恋，前一晚醉倒在酒吧，被朋友拖回家，吐了、哭了，也骂过了，第二天早上还是得按闹钟响起的时间起来，没有人为你的难过和没有状态埋单。

流程上出现了错误，你解释说自己已经跟其他部门交代过了，但只有电话沟通，没有邮件备份，没有谈话记录备份，你如何证明自己的清白？

"疼痛"不是青春的外衣，找不到努力的正确方式，再怎么大声喊叫，世界都听不到。这个社会，并不认可无缘无故的矫情和没有任何价值的骄傲。很冷漠，也很公平。

美人迟暮并非一件可怕的事情

都说人生有三大憾事——英雄末路，江郎才尽，美人迟暮。三者都有一种曾经辉煌，终究遭遇后继无力的悲伤。

不过，英雄末路，或许是时势造了英雄，最终也是时势毁了英雄；江郎才尽，或许是个人才能赶不上时代的推陈出新。前两者都有一种弹尽粮绝的无奈，和意料不到的怅然。

但是，唯独美人迟暮，是人之常情，也是情理之中。唐代的刘希夷有诗云："年年岁岁花相似，岁岁年年人不同。寄言全盛红颜子，应怜半死白头翁。此翁白头真可怜，伊昔红颜美少年。"曾经的美人红颜，终将迎来衰老颓败，这是自然规律，也是不可抗力。

人人都畏惧衰颓，但是，老去并非一件可怕的事。

其实，真正可怕的是放弃自我经营——美貌，生活，还有人生。

有一个女孩，年轻时也美得不可方物。凭借美貌，交过各种富二代官二代男朋友。有一次，在飞去香港的飞机上，与机师相识，后来香港机师成了她的老公。

她在老家举办婚礼时，我才不过10岁出头。左邻右舍，沾亲带故的人都赶来贺喜，对他那个香港飞行员老公赞美不已。因为她那飞行员老公不仅长得英俊潇洒，关键还人品好，懂礼貌，一点架子都没有。

那个时候，我们那个小城，谁都没见过这种电视或小说中才会有的人物。用如今的语言来说，那真真是高端大气上档次。

所有的人都对那个姐姐艳羡不已，嫁了这么好的老公，这辈子还用想什么呢。我也是这么想的。

可是，事情的发展却事与愿违。

我上高二时，听到了那个姐姐离婚的消息。

结婚后的她放弃了工作，在家当了阔太太，什么都不做，要命的是她还喜欢赌博，每隔两三天就去澳门豪赌。

然后，就离婚了。

离婚后的她回到了老家，因为没有一技之长，根本找不到好的工作；而一般的工作，对于曾经习惯了富裕生活的她，自然是瞧不上。

于是，她待在家里啃老，天天还照常去茶馆打牌，完全是自我放弃了。

年华已逝，容貌不再，再加上离过婚，在那个几乎人人都相识的小城，她大概也知道再嫁出去已是很难的了。

大家往往最怕“草木之零落，美人之迟暮”，觉得那是世界上最无可奈何的悲哀。

但其实，真正让人悲哀的是，迟暮之后的放弃自我经营，自暴自弃，等着他人解救，或者干脆就这样一直放纵下去，停止了追求，停止了尝试。

只愿我们平凡普通之人，不管是否拥有美貌，是否已在迟暮之年，都不放弃自我，好好经营自己，遇见更好的自己。

最该为自己认真地老去

年轻时，我们最不缺的是梦想。

老去时，我们最不缺的是年轻时未曾实现的梦想。

一个愿望的成型，有时只用一秒钟。一个愿望的遗忘，也可能是在不经意间。老态龙钟地躺在轮椅或是病床上，以苦涩的药物维持生命时，才恍然明白，什么是自己最想要的。

有人说为时已晚，但始终留在心底的那个愿望，永远不会嫌你行动得太迟。未曾认真年轻过的人，最该为自己认真地老去。

《给朱丽叶的信》尽管剧情老套，但是，一幅别具风情的古典油画，以及一首温婉柔和的《You got me》，为这部电影奏响了浪漫序曲。

在意大利的维罗纳小镇，有一面“罗密欧与朱丽叶”的许愿墙，凡是有关爱情的絮语，皆可写于其上。索菲与未婚夫来到此地，想要写下只言片语时，却意外地发现了压在石缝里的一封尘封了50年的信笺。

信笺的主人是一位50年前来到此地的英国姑娘，她与一位热情的男子相识并相恋，并相约某一天两个人要携手共度余生。然而，她没有勇气放下所拥有的一切，只得把那份爱恋藏在心里，自此之后再未与那位男子相见。就这样，他们各自结婚生子，消失在茫茫人海。

索菲未经思量便给她写了回信，唤醒了她的旧梦，与她一起开启了寻找真爱的旅程。

几乎每个人都害怕老去——头发花白、牙齿松动、药不离身、医院为家，甚至多活一秒都是奢侈，至于那偶尔在脑中迸现的梦想灵光，更是比流星消殒得还快。

这样的生活，恐怕是所有人的噩梦。即便有人腿脚灵快、耳聪目明，心灵怕也是日益变为断壁残垣。陪伴自己细数从前时光的人唯有自己，愿听自己唠叨那些前尘旧梦的人唯有自己，就连相信自己还有梦想的人，也只剩自己。

内心的孤独与寂寞，如同蠹虫一样侵蚀身心的每一部分。此时，与其坐以待毙地等着死神前来索命，倒不如豁出去按动梦想按钮。

《给朱丽叶的信》中，她已过花甲之年，如若不是收到那封跨越千山万水、字里行间满是鼓励的信笺，她定然会蜷缩在角落，任衰老之后的孤独感与衰颓感一寸寸吞噬她所剩无几的尘世时光。

当她重拾勇气，决定走出家门，去梦开始的地方寻找旧日的恋人时，如水般流逝的时光终于不再残忍，积存在内心深处的遗憾也终于被温柔地原谅，老去也并不是那么可怕的事情。

想必你也想象过自己老去的样子吧。

脸上满是皱纹，肌肤不再紧致，令人艳羡的一头乌发变为银丝，尽管没人愿意听，自己依旧唠叨不停。

这些都无人幸免，但有人活得如一杯白开水，而有人则有本事过得如一杯颇有余味的咖啡。为何？是因前者无梦，后者有梦吗？恐怕不是。这个分水岭，当是后者敢于拖着干瘪的身躯，踏上为饱满的梦想而活的旅途。至于最终实现与否，都不再重要。

老去之后，行动不便时，人们是为了什么活下去？是为活得更长，是为眷恋与不舍，还是为最终的离开？

5位老人，平均年龄81岁，一位重听，一位得了癌症，三位有心脏病。相聚在一起时，餐桌上除却饭菜，还有往日好友的遗像。彼时，他们有两种选择，或是无所事事，把时间一滴滴耗尽；或是与所有人的思维逆向而行，来一次华丽的冒险。

既然无论怎样都逃不出死神的手掌，何不让那颗微弱的心脏，为想做却未能做的事跳动；既然眼前的路越走越窄，何不调头换一条路试试。

于是，他们5个人撕掉医生的诊断书，扔掉药丸与拐杖，高强度锻炼6个月后，开始了骑摩托环岛旅行。当他们骑到多年前经常去的海边，举着妻子与朋友的遗照欢呼时，他们终于获得了命运给予的答案：为梦想而活。

后来，这段真实的故事，被搬上银屏，取名为《梦骑士》，让无论是握着青春尾巴的年轻人，还是身体机能逐渐退化的老年人，皆深受感动。但我想，银屏前的我们更多的是震撼。

我们身边也有老人，他们也曾说过要去实现自己年轻时未实现的梦想，而我们则生怕他们中途发生意外，非但未给予任何支持，反而以千般恐吓、万般阻拦回应。

可是，你我也有老去那一天，那时手掌里的纹路已然不可信，唯有借用手掌里的力量，才得以让人生最后的征程，不至于凉薄至荒芜。

因此，不要阻拦他们。即便老去，也要活得有意义，有尊严。

痛苦和抗拒痛苦的武器

埃克哈特·托利在《当下的力量》一书中讲道：通常，当下所产生的痛苦都是对现状的抗拒，也就是无意识地去抗拒本相的某种形式。从思维的层面来说，这种抗拒以批判的形式存在。从情绪的层面来说，它又以负面情绪的形式显现。痛苦的程度取决于你对当下的抗拒程度以及对思维的认同程度。

深夜时分，荒郊野岭处，一个女子刚和丈夫吵完一架，郁闷之余冲到马路上来飙车。孰料，轿车突然熄火了，祸不单行的是，她还没带手机。幸好，她发现路边不远处的山中有一栋亮着灯的房子，于是走去求借电话一用。

房子的主人是一个老人，他答应借电话给她一用，但是，作为条件，她得回答他一个问题：你是谁？

这是作家张德芬的小说《遇见未知的自己》中一开始的情节。

这是一个最简单的问题，但也是一个最本质的问题。我们每个人有意无意中都在用生命回答这个问题，而对这个问题的不同的回答，也决定了我们生命的质量。

在这部小说中，面对这个问题，女主人公尝试做了很多回答。

我是李若菱。

我是一家外企公司的经理。

我是一个童年不幸现在婚姻也不幸的女人。

我是一个身、心、灵的集合体。

但是，老人反驳说，这些回答都有局限，稍一质疑就会出现漏洞。你是你的名字吗？你是你的职位吗？你是你的经历吗？你是你的身体吗？你是你的情绪吗？你是你的心理结构吗？……

最后，老人说，除了被说烂的“灵”，她说的“我”都是“小我”，都是可以变化，可以改造，可以消失的，而“真我”是不会改变也不会消失的。如果用更哲学化的语言说，“小我”即幻觉，我们绝大多数人执着地将“我”认同为某些东西，而这些东西随时会破灭。

李若菱的回答显示，“小我”可以有许多层面的内容。不过，“小我”的核心内容是一对矛盾：对痛苦的认同和对抗拒痛苦的武器的认同。

随着阅历的增长，我们会对这个看法越来越认同，因为实在没有发现谁不曾遭受过巨大的痛苦，甚至都很少发现有谁当前没有什么痛苦。按照这种理论来说，大家都有心理问题，因为痛苦几乎总会催生一定程度的心理问题。

绝大多数人的生命是一个轮回，几乎没有谁不是不断地陷入同一种陷阱，然后以同样的姿势跌倒，最后发出同样的哀号，但在这种哀号声中，又总是可以听到浓厚的自以为是的味道。

如果不够敏锐的话，我们会听不到这种自以为是的腔调。不过，有一个机会可以让我们看到人是如何执着于苦难的轮回的。那机会就是，当奇迹发生，某人的人生悲剧可以不继续时，你就会发现，这个人对此是何等惆怅。

在一个国家，有一个剪刀手家族。

所谓剪刀手，就是每只手上只有两个手指，是一种先天畸形。这个家族中的男人都是剪刀手，剪刀手的爷爷生了剪刀手的父亲，剪刀手的父亲又生了剪刀手的儿子……

这算是一种悲惨的轮回吧。不过，这个家族展示了人性的坚韧，他们没有因此而自卑，反而以此谋生，他们一直利用这个先天的残疾，在马戏团里当小丑。

后来，这个家族生出了一个有5个手指的健康男孩，这个不幸的轮回暂时可以终结了。但对此，他的父亲非常失望，因为儿子不能继承父业了。

这个故事显示，人会迷恋曾经的苦难。

这是为什么呢？因为，在和苦难抗争的过程中，我们形成了对抗苦难的武器。如果没有了苦难，武器还有存在的必要吗？

试着去问自己这个问题，你会发现，你很容易会爱上自己发明的武器，你不愿意它被放下、封存甚至销毁，你在无意中渴望它一直发挥作用，这就意味着，它所针对的痛苦应该一直存在下去，否则它就没有存在的意义了。

本来是用来消灭痛苦的，最后却出现了相反的结果：武器的存在需要以痛苦为食。这是一种特定的联系。

每个人的命运中都有一种似乎特定的、频繁出现的痛苦，而它之所以不断轮回的一个关键就是我们的“小我”所创造的“伟大”武器需要它。

不停奔跑的阿甘

有时，一种只求稳定的心理会束缚半途而废者的行动，他们知道自己今天的地位是靠自己在逆境中努力拼搏得来的，知道它来得不容易。再次面对挑战的时候，总是故步自封，觉得自己付出太多，收获却太少。正是这种心理，使他们只顾权衡危险和收获，而错过了更多的机会。

在1995年第67届奥斯卡金像奖的角逐中，影片《阿甘正传》一举获得最佳影片、最佳男主角、最佳导演、最佳改编剧本、最佳电影剪辑和最佳视觉效果六项大奖。在影片中，阿甘是个智商只有75的低能儿。在学校里，他为了躲避别的孩子的欺侮，听从了一个朋友——珍妮的话，开始“跑”。他跑着躲避别人的捉弄。在中学时，他为了躲避别人而跑进了一所学校的橄榄球场，就这样跑进了大学。阿甘被破格录取，并成了橄榄球巨星，受到了肯尼迪总统的接见。

大学毕业后，阿甘又应征入伍去了越南。在那里，他有了两个朋友：热衷捕虾的布巴和令人敬畏的长官邓·泰勒上尉。

战争结束后，阿甘作为英雄受到了约翰逊总统的接见。在“说到就要做到”这一信条的指引下，阿甘最终闯出了一片属于自己的天空。在生活中，他结识了许多美国名人。他告发了水门事件的窃听者，作为美国乒乓球队的一员到了中国，为中美建交立下了功劳。猫王和约翰·列侬这两位音乐巨星也是通过与他交往而创作了许多风靡一时的歌曲。最后，阿甘通过捕虾成了一名企业家。为了纪念死去的布巴，他成立了布巴·甘公司，并把公司的一半股份给了布巴的母亲，自己去做一名园丁。阿甘经历了世界风云变幻的各个历史时期，但无论何时，无论何地，无论和谁在一起，他都依然如故，纯朴而善良。

贯穿阿甘一生的，是他的奔跑，无论何时何地，都不停滞，奔跑给他带来了人生的一个又一个辉煌。

在强者的字典里，没有半途而废这个概念，他们像阿甘一样，不停地“奔跑”。他们对生活中的每件事都认真到底，积极主动地面对各种挑战。在他们成功的字典里，你只会看到“坚持到底，就是胜利”“努力，再努力”“我从来不计较薪水多少”等振奋人心的话。强者总是用行动来证明一切，他们的言谈举止都表现了他们的实干性。他们的语言与行动总是能很好地配合。所以，对那些没有任何行动支持的语言，他们是不喜欢的。他们会直接说：“让我们马上去干！行动是最好的语言。”

心理学家认为很多事情在顺利的情况下做不成，反而在遭受挫折后，经受了悲痛的“浸染”，才能做成，甚至做得更完美、更理想。

迎接挑战要付出的代价很大，谁都不能掩饰这点，但是在战胜挑战后收获同样是丰厚的。正是因为这样一个定理，那些懦弱的半途而废者所付出的代价，要比迎接挑战付出的还多。

人生常常面临许多选择，我们在摸索中学习到许多可贵的经验，吸收了别人累积的智能。我们也许都比阿甘聪明，可是我们都不能够执着一件事，虽然做了很多事，却常常半途放弃。阿甘知道自己的不足，所以比别人专心，结果他成功了。

阿甘精神，正是这样一种坚持到底的意义所在。如果我们都能像阿甘一样凭借意志力走到终点，那么生命中的那些挫折也将离我们远去。

你可以选择哀伤，也可以选择超越哀伤

当我们明智地观察痛苦的情形、心理上如何受到痛苦的影响、行动和思想如何受到扭曲的时候，我们才能处理身体和心理上的哀伤。一颗超越哀伤、没有受伤的心，才是真正纯真的心。

有一个人，他经历了生活中的种种磨难和痛苦，因此伤透了心，对生活失去了希望。他的一个当厨师的朋友得知他的境遇后，就把他叫到厨房里。厨师同时烧开了3锅水，然后将1个胡萝卜、1个鸡蛋、粉状的咖啡豆分别放入其中。过了一些时间，厨师把煮好的胡萝卜和鸡蛋舀起来，把咖啡倒入杯子当中，让他仔细观察这些东西发生了什么变化。他一脸茫然地看着厨师，摸不清其中的用意。

厨师笑着说道："这3样东西都遭遇了相同的困难——煮沸的开水，但是它们的反应都不同。胡萝卜由硬变得软趴趴的；鸡蛋起初十分易碎，现在却变得硬邦邦的；咖啡豆呢，是不是变得又浓又香。不信，你自己尝尝看？"

他尝了尝胡萝卜和鸡蛋，确如厨师所说。再端起咖啡，他闻到了一股香浓的诱人味道。这时他终于明白了，生活也是如此，无论遇到什么样的磨难，生活最终的味道还是由自己决定的：你可以选择哀伤，也可以选择超越哀伤。

我们或多或少都有这样的体会：要超越哀伤是非常困难的一件事情，因为哀伤总是以不同的形式如影随形地跟着我们。为什么我们难以抗拒哀伤的侵袭？原因之一就是我们缺少对生活的热情。我们感受不到热情，因为我们大多数人口中的“热情”是狂热的表现，是人们对某种事物着迷的一种情绪。我们常常为了某些事而有热情，比如，为了音乐、为了国家、为了恋人、为了成功……总之，它总是一种原因的结果。而真正的热情并非只针对某些特定的人或事才表现出来，它是对所有事情都充满察觉的兴趣。遗憾的是，大多数人都看不清楚其中的区别，因此才在热情的谬论中沉迷，也偏离了人生的正确方向。

因此，不要试着去找出能够超越的方法或答案，因为这并不能解决问题。真正能完全解决问题的是，能够在没有意识到观察者的情形下观察痛苦、悲伤、寂寞、孤独这些令你感到哀伤的事，不生出其他的念头，哀伤才能终结。也就是说，当我们能用一颗没有偏颇的心来观察痛苦和悲伤，用一颗可以观察外在身体上的痛苦的心来观察它时，就能不再哀伤。

伍德的乐谱

拿出勇气，生活终会给予我们阳光般的笑脸。

伍德是音乐系的学生，这一天，他走进练习室时发现在钢琴上，摆着一份全新的乐谱。

“超高难度……”伍德翻动着乐谱，喃喃自语，感觉自己对弹奏钢琴的信心似乎跌到了谷底，消磨殆尽。

已经3个月了！自从跟了这位新的指导教授之后，不知道为什么教授要以这种方式整人。伍德勉强打起精神，他开始用手指奋战、奋战、奋战……琴音盖住了练习室外教授走来的脚步声。

指导教授是个极有名的钢琴大师。授课第1天，他给自己的新学生一份乐谱。“试试看吧！”他说。

乐谱难度颇高，伍德弹得生涩僵滞、错误百出。

还不熟，回去好好练习！”教授在下课时，这样叮嘱学生。

伍德练了1个星期，第2周上课时正准备让教授测试。没想到，教授又给了他一份难度更高的乐谱：“试试看吧！”上周的课，教授提也没提。

伍德再次挣扎于更高难度的技巧挑战。

第3周，更难的乐谱又出现了。

同样的情形持续着，伍德每次在课堂上都被一份新的乐谱困扰，然后把它带回去练习，接着再回到课堂上，重新面临两倍难度的乐谱，却怎么都追不上进度，一点儿也没有因为上周的练习而有轻车熟路的感觉。伍德越来越感到沮丧和气馁。

当教授走进练习室时，伍德再也忍不住了，他必须向钢琴大师提出这几个月来自己承受的巨大压力。

教授没有开口，他抽出了最早的那份乐谱，交给伍德。“弹弹看！”他以坚定的目光望着伍德。

不可思议的事情发生了，连伍德自己都惊讶万分，他居然可以将这首曲子弹奏得如此美妙、如此精湛！教授又让伍德试了第二堂课的乐谱，伍德依然呈现超高水准的表现……演奏结束，伍德怔怔地看着老师，说不出话来。

“如果，我任由你表现最擅长的部分，可能你还在练习最早的那份乐谱，那么你就不会有现在这样的进步。”钢琴大师缓缓地说。

当我们把过多的精力与才华投在一个低水平的事情上，我们的能力就无法提高。想突破事业的瓶颈，必须勇于挑战高难度的工作。在最难的时候忍耐住，挺过去光明就会来临。现实的繁华和诱惑很容易让我们浮躁。我们很多人都喜欢谈理想、谈未来，确实每个人都有未来，“未来”也是一个长盛不衰的话题。但很多人没有在自己现在的拥有中发现机会，因而固执地认为自己的未来被现在搁浅了，结果注定会大失所望。如此折腾几个来回，自己仍然一无所获，顾影自怜时发现已是满目沧桑。

Chapter 4

你的坚持，终将美好

爱默生：“即使断了一条弦，其余的三条弦还是要继续演奏，这就是人生。”

正确的选择比努力更重要

一个人就是一条奔腾不息的河流，一路上你需要跨越生命中的重要障碍，才能有所突破，有所进步。在这个过程中，有一点很重要，就是要清楚你到底要的是什么。如果只是为了工作而工作，为了不闲着而去忙，那么，当你忙忙碌碌地走完大半生，回忆起来会猛然觉得自己既对不起时间也对不起自己。

有一位美国青年无意间发现了一份能将清水变成汽油的广告。

这位美国青年喜欢搞研究，脑子里都是稀奇古怪的想法，他渴望有一天成为举世瞩目的发明家，让全世界的人都用他的发明创造。

因此，当他看到水变汽油的广告时，马上买来资料，把自己关在屋子里，不接待串门的客人、电话线掐断、手机关机，总之一切与外界的联系都被他切断了。他需要绝对的安静，需要绝对的专心，直到这项伟大的发明成功。

青年夜以继日地研究，达到了废寝忘食的程度。每次吃饭的时候，都是母亲从门缝里把饭塞进去。他不准母亲进去打扰他。他常常把两顿饭合成一顿吃，很多时候都把黑夜当作黎明。善良的母亲看见自己的儿子越来越瘦，终于忍不住了，趁儿子上厕所的时候，溜进他的卧室，看了他的研究资料。母亲还以为儿子的研究有多伟大，原来是研究水如何变成汽油，这简直是不可能的事情。

母亲不想眼睁睁地看着儿子陷入荒唐的泥淖无法自拔，于是劝儿子说：“你要做的事情根本不符合自然规律，别再浪费时间了。”可这位青年压根儿就不听，他头一昂，回答说：“只要坚持下去，我相信总会成功的。”

5年过去了，10年过去了，20年过去了……转眼间，这位青年已白发苍苍。父母死了，没有工作，他只能靠政府的救济勉强度日。可是他的内心却非常充实，屡战屡败，屡败屡战。

一天，多年不见的好友来看他，无意间看到了他的研究计划，惊愕地说：“原来是你！几十年前，我因为无聊贴了一份水变汽油的假广告。后来有一个人向我购买所谓的资料，原来那个人就是你！”

他听完这一番话，立刻疯了，最后住进了精神病院。

因为有太多坚持到底就成功的故事，所以我们一直以为坚持就是好的，而放弃就是消极的思想。其实坚持代表一种顽强的毅力，它就像不断给汽车提供前进动力的发动机。但是，在前进的同时还需要一定的技巧，如果方向不对，则只会越走越远。这时，只有先放弃，等找准方向再重新努力才是明智之举。这就是水变汽油的悲剧带给我们的启示。

每个人都有梦想，人类因梦想而伟大，没有梦想的人是会被社会淘汰的。为了实现自己的梦想，我们每个人都在努力。现在的社会，努力很重要，但是努力就一定会有一个好结果吗？不见得，我们曾为梦想绞尽脑汁，我们曾为梦想夜以继日，但我们得到的结果是什么呢？我们的梦想像肥皂泡一样一个个地破灭，直到现在我们依然两手空空。

在21世纪的今天，正确的选择比努力更重要，努力一定要放在选择之后。昨天的选择决定今天的结果，今天的选择决定明天的结果。选择不对，再多的努力也白费。

对自己的人生主动出击

很多失败者都认为，他们之所以失败，是因为不能得到别人所具有的机会，没有人帮助他们，没有人提拔他们。他们将对你说，好的位置已经满了，高等的职位已经被抢走了，一切好的机会都已经被别人捷足先登，所以他们毫无机会。

刚毕业的杨，在工作初期遇到了很多困难，但他告诉自己：面对问题时，要倾尽全力，心中除了胜利，什么都不要想。这种想法改变了他的人生。如今，他已经成为一家大公司的第一号推销员了。

他说："大约在4年前，我还是个落伍者，成天唉声叹气、愁眉不展，抱怨苍天待我不公平。我终日懒散，整天做着发财梦，可是这些异想天开的幸运，始终没有发生。我的幻想终于破灭了，只觉得前途一片黑暗。就在这个时候，一个朋友对我说：'天下没有不劳而获的事情，人生要靠自己主动去开创，你对人生付出多少，人生就给予你多少。'人生每天都向我们提出一些问题——你是否对人生怀疑？你是否对自己的能力有信心？唯有有信心，才能使你主动去创造成功的人生。

"过去我从没有努力地工作过，再加上自己缺乏信心，当然尝不到成功的果实。有了信心后，我感到自己整个人都变了，也发现现实中充满了新的机会，我决定就从推销员干起，我相信自己有能力克服任何困难。从此，‘信心与行动’便成了我的人生信条。”

在遇到困难时，不要找理由或借口来逃避现实。但凡世上成功立业之人，都能面对困难，解决困难，不被逆流轻易击倒。甚至在找不到解决困难的方法时，他们也会自己去创造一个方法来解决。

要对自己的人生主动出击，可以运用下面的一些方法。

（1）遇到困难时，最重要的就是绝不放弃，坚持到底。

（2）尽量用充满希望的积极言语来鼓励自己，不要老说一些丧失斗志的话。

（3）不要让外在控制内在，要以内在来控制外在，扭转乾坤，发挥“我认为能，就做得到”的精神。

（4）做个主动的人。要勇于做事，做个真正在做事的人。

（5）用行动来克服恐惧，同时增强你的自信。怕什么就去做什么，你的恐惧感自然就会消失。

（6）培养主动的精神，不要一味坐等。主动一点，你自然会精神百倍。

（7）时刻想到“现在”。“明天”“下礼拜”“将来”之类的词跟“永远不可能做到”的意义相同，要成为“我现在就去做”的那种人。

（8）态度要主动积极，做一个改变者。要自告奋勇地去改变现状，要主动承担义务工作，向大家证明你有成功的能力与雄心。

在日常生活和工作中，机遇不会时时光顾你，消极等待只能是一种徒劳；只有主动出击，才能为自己赢得一份成功的把握。

独立行走，让猿终于成为万物灵长

独立行走，让猿终于成为万物灵长；扔掉手中的拐杖，你才可以走出属于自己的路。人生的轨迹不需要别人定夺，只有自己才能为自己的人生画布着色。去除依赖，独立完成人生的乐谱，相信你定能奏响生命雄壮的乐章。

世上有一种人，总是存在极强的依赖心理，习惯依靠拐杖走路，尤其是依靠别人的拐杖走路。有些人经常持有的一个最大谬见，就是以为他们永远会从别人的帮助中获益。力量是每一个志存高远者的目标，而依靠他人只会导致懦弱。力量是自发的，不依赖于他人。坐在健身房里让别人替我们练习，是无法增强自己肌肉的力量的。没有什么比依靠他人更能破坏独立自主精神的了。如果你依靠他人，你将永远坚强不起来，也不会有独创力。要么抛开身边的“拐杖”独立自主，要么埋葬雄心壮志，一辈子老老实实做个普通人。

生活中最大的危险，就是依赖他人来保障自己。“让你依赖，让你靠”就如同伊甸园里的蛇，总在你准备赤膊努力一番时引诱你。它会对你说：“不用了，你根本不需要。看看，这么多的金钱，这么多好玩、好吃的东西，你享受都来不及呢……”这些话，足以抹杀一个人意欲前进的雄心和勇气，阻止一个人利用自身的资本去换取成功的快乐，让你日复一日原地踏步，止水一般停滞不前，以至你到了垂暮之年，终日为一生无为悔恨不已。

这种错误的心理，还会剥夺一个人本身具有的独立的权利，使其依赖成性，有拐杖，就不会想自己一个人走；有依赖，就不会想独立，其结果是给自己的未来挖下失败的陷阱。

美国前总统约翰·肯尼迪的父亲从小就注意对儿子的独立性格和精神状态进行培养。有一次他赶着马车带儿子出去游玩。在一个拐弯处，马车因为速度很快，猛地把小肯尼迪甩了出去。当马车停住时，儿子以为父亲会下来把他扶起来，但父亲却坐在车上悠闲地掏出烟吸了起来。

儿子叫道："爸爸，快来扶我。"

"你摔疼了吗？"

"是的，我自己感觉已站不起来了。"儿子带着哭腔说。

"那也要坚持站起来，重新爬上马车。"

儿子挣扎着自己站了起来，摇摇晃晃地走近马车，艰难地爬了上来。

父亲摇动着鞭子问："你知道为什么我让你这么做吗？"

儿子摇了摇头。

父亲接着说："人生就是这样，跌倒、爬起来、奔跑，再跌倒、再爬起来、再奔跑。在任何时候都要靠自己，没人会去扶你的。"

从那时起，父亲就更加注重对儿子的培养，如经常带着他参加一些大的社交活动，教他如何跟客人打招呼、道别，与不同身份的客人应该怎样交谈，如何展示自己的精神风貌、气质和风度，如何坚定自己的信仰，等等。有人问他："你每天要做的事情那么多，怎么有耐心教孩子做这些鸡毛蒜皮的小事？"

谁料约翰·肯尼迪的父亲一语惊人："我是在训练他做总统。"

只要一个人是活着的，他的前途就永远取决于自己，成功与失败，都只系于他自己身上。而依赖作为对生命的一种束缚，是一种寄生状态。英国历史学家弗劳德说：“一棵树如果要结出果实，必须先在土壤里扎下根。同样，一个人首先需要学会依靠自己、尊重自己，不接受他人的施舍，不等待命运的馈赠。只有在这样的基础上，才可能做出成就。”将希望寄托于他人的帮助，便会形成惰性，失去独立思考和行动的能力；将希望寄托在某种强大的外力上，意志力就会被无情地吞噬掉。

沉重的十字架

在生活中，你是否经常听到有人在问“这是谁的错”？即便这种话不是每天都能听到，你也会看到许多人在抵赖狡辩，或者为了推卸责任而指责别人。也许你会发现自己也有这种习惯。

很显然，我们忽略了这句话中的道理，那就是我们必须面对属于自己的问题，这是解决问题的基本前提。避之唯恐不及，认为“这不是我的问题”，显然一点好处也没有；指望别人解决，也不是聪明的做法。唯一的办法——我们应该勇敢地说：“这是我的问题，还是由我来解决！”相当多的人只想逃避，他们宁愿这样自我安慰：“出现这个问题，不是我而是别人的原因，是别人拖累了我，是我无法控制的社会因素造成的，应该由别人或者社会替我解决。”

趋利避害，逃避责任，这是大多数人拥有的心理。然而，这种心理对我们的成长却没有什么帮助。

有这样一幅漫画，画中的每个人都背负着一个沉重的十字架，在缓慢而艰难地朝着目的地前进。

途中，有一个人忽然停了下来。他心想：这个十字架实在是太沉重了，就这样背着它，得走到何年何月啊？！

于是，他做出了一个惊人的决定：将十字架砍掉一块。砍掉之后走起来，的确轻松了很多，他的步伐也不由得加快了。

就这样走啊走，又走了很久，他又想：虽然刚才已经将十字架砍掉了一块，但它还是太重了。上帝啊，请你让我再砍掉一块吧，我保证可以走得更好！就这样，他又砍了一块。

这样一来，他一下子感到轻松了许多！

最后，他终于把身上的十字架全部砍掉了。于是，他毫不费力地走到了队伍的最前面。当其他人都在负重奋力前行时，他却边走边轻松地哼着小曲！

走着走着，谁料，前边忽然出现了一个又深又宽的沟壑！沟上没有桥，周围也没有路。后面的人都慢慢地赶上来了，他们将自己背负的十字架搭在沟上，做成桥，从容不迫地跨越了沟壑。

他也想如法炮制。只可惜，他的十字架之前已经被砍掉了，根本无法做成桥帮助他跨越沟壑！

于是，当其他人都在朝着目标继续前进时，他只能停在原地，垂头丧气，追悔莫及。

其实我们每个人每一天都背负着各种各样的十字架，在艰难前行。这些十字架就是我们必须承担的责任和义务，也正是这些责任和义务，构成了我们在这个世界上存在着的理由和价值。承担责任的过程是痛苦的，于是我们每个人都在极力逃避，然而如果没有经历这种深刻的痛苦，我们也就体会不到酣畅淋漓的快乐！

我们每个人都背负着属于自己的十字架，艰辛地为自己铺就一条通往自由与幸福的大道。因此当沟壑出现的时候，我们就能利用自己背负的十字架帮助自己跨越沟壑，继续前进。

量着自己的力量缓缓而行

拥有知足心态的人往往会量力而行，他会仔细斟酌自己一天至多能行多远之后，才去安排行程。尤其是在一条从没走过的道路上，他会花费更多的心思：何处崎岖、何处坎坷、何处严寒、何处酷热，他都要弄得一清二楚。不管别人给他施加多少压力，或者前方有多少诱惑，他都不急不躁，沿着既定的路线缓缓而行。

蒋方初到广州时，曾为找工作奔波了好长一段时间，起初他见几个跑业务的同学业绩不俗，赚了不少钱，学中文的他便找了家公司做业务员，然而辛辛苦苦跑了几个月，钱没赚到，人倒瘦了十几斤。同学们分析说："你的能力不比我们差，但你的性格内向，不爱与人交谈、沟通，不善交际，因此不太适合跑业务……"

后来蒋方见一位在工厂做生产管理的朋友薪水高、待遇好，便动了心，费尽心力谋到了一份生产主管的职位，可是没做多久他就因管理不善而引咎辞职了。之后，蒋方又做过公司的会计、餐厅经理等，最终出于各种原因都被迫离职跳槽。

最后，蒋方痛定思痛，吸取了前几次的教训，不再盲目追逐高薪或舒适的职位，而是依据自己的爱好和特长，凭借自己中文系本科的学历和深厚的文字功底，应聘到一家刊物做了文字编辑。这份工作相比以前的职位，虽然薪水不高，工作量也大，但蒋方却做得非常开心，工作起来得心应手。几个月下来，他就以自己突出的能力和表现令领导刮目相看，器重有加。

回顾以往的工作历程，蒋方深有感触地说：“无论是工作还是生活，我们都应当根据自己的能力找到适合自己的位置。一味地追逐高薪、舒适的工作，曾让我吃尽了苦头，走了不少弯路。事实上，我们无论做什么事都应该结合自身的条件，依据自己的爱好和特长去选择相应的事来做。放弃那些不适合自己的生活，我们的生活才会快乐。”

就如同故事里的蒋方，很多人都是受到了生活的诱惑，总觉得自己有能力可以获取更多，可是事实是我们还不具备那么多的力量，贪图诱惑，朝着更大的目标行进，只会加大我们的压力，让自己无所适从。

在生活里，有人看到了巨大的利益，所以不停地调整自己的路线，甚至急躁地想要直奔利益的终点，可是急于求成的人往往会事倍功半。还有一些人，他们整天都在为未来的事情操心，可能几十年以后才可能面对的难处，他们现在就开始忧心忡忡了。但是命运只肯按照现实的样子向我们展示生活，根本不可能因为我们急躁就提前向我们展开未来的画卷。所以，我们只能按照自己既定的生活之路，一步一步地为未来打开局面。不能急躁，只能严格量着自己的力量而行。

生命只是经历过程，不需要寻求结果

电影《肖申克的救赎》中有一句经典台词："要么忙着生存，要么赶着去死！人总要做点什么。"世界上有两种人，一种人忙着生存，注重人生经历而非结果，另一种人则更看重人生的结果，所有的忙碌都指向人生的终点——死亡。从表面上看，这两种人只是生活状态上有差别，实际上，生活状态只是表象，观念的不同才是根本。重结果不重过程的人思想消极，认为不论生命过程怎样最终都难免一死。在这种心理的基础上，人往往容易将死亡的恐惧扩大，以至每天活在惶恐中。

注重结果的人为了证明自己一生有多辉煌，常常会在死亡来临前，对自己进行一番"清点"：账户上的0有几个，房产有几处，甚至墓地要买多大的，葬礼要办得多风光……他们奋斗的全部就是在临近死亡时比所有人都混得好，以这种唯结果论的标准来判断人生成败的人，他们在活着的时候会被死亡的恐惧追赶得很紧。

这些人为结果而生活，做某件事也会先去想对自己人生的结果有没有帮助。他们一边恐惧地看着自己离死亡越来越近，一边忙乱地做事情，或是多挣点钱，或是多谋点名声，总也不能舒展自己的心，去做自己真正想做的事情。到了最后，死亡的恐惧会把他们越勒越紧，甚至让他们产生喘不过气的感觉。

注重经历的人却能将人原本对死亡的恐惧化解于无形，他们不在乎生命何时终结，更不在乎生命以何种方式终结。每一种经历他们都认为是对个人成长有益的，哪怕是一些失败的经历，他们也会为品尝失败而感到欣喜。重视人生过程的人心理强大，他们不过分在意结果，不以成败论英雄，更不在乎世人的眼光和时光变化。

著名瑞典科学家诺贝尔在死前立下遗嘱，将自己全部的财产都捐出来，创立诺贝尔奖，鼓励那些为全人类做出贡献的科学家。但诺贝尔的墓碑再普通不过：一块3米高的灰色石碑，石碑的正面刻着诺贝尔的名字和生卒年，连诺贝尔的肖像都没有，墓碑的两侧是诺贝尔亲人的名字还有生卒年，在墓碑的右前方，是标有170/1678的号码牌。墓碑周围种着青翠的柏树，诺贝尔就这样安静地长眠于此。在生命的终点，他死得悄默无声，仿佛怕惊动了这个世界，但是他生命的精彩已经被世人永远铭记。

世界上还有很多像诺贝尔一样的人，他们注重人生旅程上的精神富足，和为他人无私的奉献，正如写出传世小说《红与黑》的司汤达为自己写的墓志铭一样："米兰人亨利·贝尔（亨利·贝尔是司汤达的本名），活过、写过、爱过。"诺贝尔和司汤达已经在心里超越了生死的界限，虽然肉体已经毁灭，但是他们用自己活着时的经历将影响一直延续到后世。

人终有一死，无论人生轨迹如何，每个人最后都要到达这个终点，但人生的经历却各有各的精彩。一个内心强大、头脑清醒、个性理智的人不会在意面对死亡的时候自己拥有什么，有什么样的身份、带着多少财富、顶着什么头衔、享有什么地位，他会全心全意地、认真地生活，过好每一天，珍藏每一段人生经历，享受生命的过程，不计较自己最终将得到什么，失去什么。就像诺贝尔在专心研究炸药时，不会在意自己多次被炸药炸伤；司汤达在奋笔疾书时，不会去计算自己离死还有多远。人生中的经历如同支架，这些经历越充实、越具体，心也就越能被牢牢地托起，不会轻易被击溃。

严冬过后必是暖春

四时有更替，季节有轮回，严冬过后必是暖春，这是大自然的发展规律。在心态乐观者的眼中，事物的发展似乎也遵循着这一条规律：逆境达到极点就会向顺境转化，坏运到了尽头好运就会来到。所以，心态乐观者坚信，冬天总会过去，春天必然会来临。这是对生活的信心，也是对生活的希望，有了信心与希望，无论事情再糟糕，我们也会有面对现实的勇气和决心。

约翰是一个汽车推销商的儿子，是一个典型的美国孩子。他活泼、健康，热衷篮球、网球、垒球等运动，是中学里一个众所周知的优秀学生，后来约翰应征入伍。在一次军事行动中，他所在部队被派遣驻守一个山头。激战中，突然一颗炸弹飞入他们的阵地，眼看即将爆炸，他果断地扑向炸弹，试图将它扔开。可是炸弹却爆炸了，他被重重地炸倒在地上，当他向后看时，发现自己的右腿右手全部被炸掉了，左腿也变得血肉模糊。一瞬间他想哭，却哭不出来，因为弹片穿过了他的喉咙。人们都以为约翰不能生还，但他却奇迹般地活了下来。

是什么力量使他活了下来？是格言的力量。在生命垂危的时候，他反复诵读贤人先哲的这句格言：“如果你懂得苦难磨炼出坚韧，坚韧孕育出骨气，骨气萌发不懈的希望，那么苦难会最终给你带来幸福。”约翰一次又一次默念着这段话，心中始终保持着不灭的希望。然而，对于一个三截肢（双腿、右臂）的年轻人来说，这个打击实在太大了！在深深的绝望中，他又看到了一句先哲格言：“当你被命运击倒在最底层之后，再能高高跃起就是成功。”

回国后，他从事了政治活动。他先在州议会中工作了两届，然后竞选副州长，但是失败了。这是一次沉重的打击，但他用这样一句格言鼓励自己：“经验不等于经历，经验是一个人经过经历所获得的感受。”这指导他更自觉地去尝试。紧接着，他学会驾驶一辆特制的汽车并跑遍全国，发动了一场支持退伍军人的运动。34岁那一年，总统命他担任全国复员军人委员会负责人，他是在这个机构中担任此职务最年轻的一个人。约翰卸任后，回到自己的家乡。1982年，他被选为州议会部长，1986年再次当选。

后来，约翰成为亚特兰大城一个传奇式人物。人们经常可以在篮球场上看到他摇着轮椅打篮球。他经常邀请年轻人与他进行投篮比赛。他曾经用左手一连投进了18个空心篮。

引用一句格言：“你必须知道，人们是以你自己看待自己的方式来看你的。你对自己自怜，人家则会报以怜悯；你充满自信，人们会待以敬畏；你自暴自弃，大多数人就会对你嗤之以鼻。”一个只剩一条手臂的人能成为议会部长，能被总统赏识并担任一个全国机构的要职，是这些格言给了他力量。同时，他的成功也成了这些格言的有力佐证。

天无绝人之路，生活中有难题，同时生活也会给我们解决问题的能力与方法。约翰能够生存下来并创造事业的辉煌，是因为他有乐观的心态，坚信人生没有过不去的坎儿，坚信冬天之后春天必会来临。他在困难面前没有低头，而是昂首挺进，直至迎来生命的春天。

等待是一个放弃的借口

坐在火车上，当终点太过遥远，窗外景致太过单一时，打发时间最好的方式，莫过于戴上耳机，看一部略带哀伤却不沉重的电影。

每一次起程后，晴都会这样做。

碧云送给秋水一支笔，说：“用这支笔给我写信，我会回的。”秋水说：“我没有任何东西可以给你，我只有一句承诺，我会等你。”这一次，晴在火车上看的电影是《云水谣》。秋水，年轻而俊朗，是王家的家庭教师；碧云，贤淑而美丽，是王家的千金。两个人一见钟情，坠入了爱河。然而，为了躲避战乱，秋水不得不离开。自此之后，这份爱，便隔了一道海峡。

整部影片，像是一张精美的贺卡，千语万言，皆凝成贺卡封面上那句“我永远等着你”。交通不便，音信不通，碧云等了一辈子，终究没有等来任何结局。而秋水，听到追求他许久的另一个女子对他说“就让我代替碧云来爱你吧”，便将那份纯真之爱，在心底永远埋葬。

爱，是如此坚韧，又是如此脆弱。它坚韧，是因它从不畏惧无情的时光，从不畏惧空间的阻隔；它脆弱，是因它禁不起任何猜忌，禁不起任何一方的临阵脱逃。天上的流云，随风飘摇，在清澈的水中，倒映着隐约朦胧的倩影。影片结束，晴摘下耳机，心中是苍茫的如梦水乡、幽静古朴的台北小巷，以及秋水那句“我会等你”。

窗外的景致，一如往昔，由荒凉稀薄渐渐转为丰饶翠绿，天色也由晦暗转为明亮。G278，青岛——武汉，这趟高铁她已不知坐了多少次。

爱情的能量，总是异常强烈地覆盖在我们身上。维系异地的爱情，比我们想象中更为艰难。两情若是长久时，又岂在朝朝暮暮。这话说得轻巧，可看不到彼此的表情，触摸不到彼此的温度，心中的失落谁又能体会？

晴与龙是高中同学，高中毕业后，两个人分别在青岛与武汉读大学。大学毕业后，两个人分别留在各自的城市里工作。他们的爱情，从没曾因这1000多千米的距离而退缩。落雪时节，他给她寄去厚厚的围巾与帽子，因而，每次出门时，她总会把自己包裹得严严实实。他在电话里嘱托她，要按时吃饭，替他好好照顾自己，于是，她买来锅碗瓢盆，每一顿都把自己喂得饱饱的。

不上班的日子，她总爱去海边走走。海风吹来，托起她的长发，将她的思念，梳理得格外柔软。她总是相信，海风能把她的惦念带到他身边。与碧云和秋水比起来，晴和龙是如此幸运。他们想念对方时，就给对方发短信，打电话，如若这些仍不能抵挡汹涌的思念，他们就买一张车票，站到对方面前。而碧云和秋水，只能在愈来愈暗淡的岁月中，用自己的想象与回忆，给往事涂一涂口红，以免自己有一天醒来时忘却对方。

火车于14：52停靠在武汉。她走出火车站，看到路边的几株樱花正含苞待放。性子急的，索性已经零星地举起几瓣粉红的小花。当晴看到不远处的龙正张开双手站在樱花树下时，她心潮涌动，穿越人海投入他的怀抱，眼中满是感动的泪水。

秋水对碧云说：“我会等你。”最终，他却娶了另外一个女人。

龙不曾对晴有过任何承诺，然而，每次晴转身时，都会看到他的双臂，时刻保持着张开的姿势。相隔千里万里也没有关系，如果我想你，我就买一张车票去看你，只要，你愿意在火车另一端等我。

晴把这部影片讲给龙听。龙问她："如果你是碧云，你会恨秋水吗？""我想不会吧，爱一个人，就是要他幸福。"晴靠着他的肩膀，认真地说道。7周年恋爱纪念日时，晴放弃青岛的工作，提着重重的行李来到武汉。她手中从青岛到武汉的车票，共有86张。

别等，等待是一个放弃的借口。你有想做的事情，你有想去的地方，你有想爱的人，记住这一点就够了，然后为之努力、奋斗。

最后一刻，你才是胜者

美国纽约市前市长迈克尔·布隆伯格曾经做出了一个惊人之举，他决定在两年时间之内自掏1亿多美金帮助全世界的烟民戒烟。1665名烟民曾经通过新浪网参与过一项调查，其中66%的烟民戒过烟，没有戒过的占到34%。有人戒烟多达六七次，但每次都是3分钟热度，不能坚持住。不仅仅是戒烟如此，减肥、坚持阅读、晨跑等等，这些都是人们往往想做却都很难坚持住的事情。

俄国生理学家、心理学家巴甫洛夫是行为主义学派的先驱。巴甫洛夫经常在实验室里一待就是10多个小时，忘了吃饭，数年如一日地工作，当他跃上科学生涯的第一阶梯——取得"消化"研究的成果时，又忙着转向“反射”实验。同他一起工作多年的得力助手，受不了这种无休止的紧张工作，离开了他，巴甫洛夫不得不另找助手，并对新的助手说：“你们要学会做科研。”他患有多种疾病，但从不间断实验工作，直到临终时，巴甫洛夫还用自己患有蔓延性肺炎的身体，进行心理和生理的实验。

执着不能放在嘴上说，它是在沉默中一小步一小步不间断地跨越，它是意志力支撑下的持久的行动。屋檐上的水滴之力微不足道，但却能穿透石块；愚公年老力衰，子孙势单力薄，但他们敢于向巍峨的太行、王屋两座山开战；兔子跳跃迅捷，乌龟爬行缓慢，但龟兔赛跑却是乌龟摘得桂冠。这些看似不可思议的事情由于执着的支撑而变成了现实。

也许你的力量很小，但只要你拥有了锲而不舍的毅力，便没有不可征服的高峰；也许你的智力驽钝，但只要你拥有了坚韧不拔的执着精神，便没有不可逾越的障碍。“行百里者半九十”，坚持到最后一刻的才是胜者。让我们从小事做起，磨炼意志，锤炼毅力，为自己的人生写出最美的篇章。

哈佛大学爱德华·班菲尔德博士经过50多年的研究发现，成功大多来自对目标坚持专注的态度。影响成就最重要的决定性因素，就是对进取目标的态度，也就是做重要决定时，要经过短期利益和长期利益的角逐。班菲尔德博士的结论是，有远见的人注定比短视近利的人更容易胜出。长远思考有助于做短程决定。

培养长远目标和专注意识，可以想象出未来10年或20年的人生梦想，拟出朝目标前进的计划，然后问自己：“我现在必须做什么才能创造我真正想要的未来？”

想对长远的目标做到专注，关键在于乐于“牺牲”现在。在生

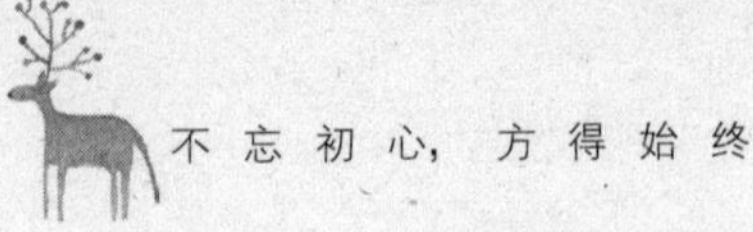

活或经济方面都必须延后享受，才能达到理想未来。愿意牺牲眼前的享受，以求长远的成功和保障，才能拥有幸福和成功。如果只顾眼前行乐，把赚到的一切都挥霍一空，甚至寅吃卯粮，就注定一辈子为成功烦恼，到头来一无所成。

Chapter 5

在丧失的世界里，给自己一个信仰

歌德：“你若要喜爱你自己的价值，你就得给世界创造价值。”

当生活没了信念

罗曼·罗兰曾说过：“人生最可怕的敌人就是没有坚强的信念。”信念是生命的维系，在这个世界上，只要你始终存有一份坚定的信念，就没有人能够使你倒下。每个人都可以拥有信念，引领自己创造奇迹。

信念是一个人的精神支柱，是正向情绪的来源，在你疲倦时，抚慰你的心灵。俄国的列宾曾经说过：“没有原则的人是无用的人，没有信念的人是空虚的废物。”一个人不怕能力不够，就怕失去了前进的信念。拥有信念的人，从某种意义上说，就是不可战胜的人。

一队人马在渺无人烟的沙漠中跋涉，他们已经在沙漠中走了很久。

太阳热辣辣的，随身带的水已经不多了，他们随时都会有生命危险。最后，大家都走不动了。

这时候，领队的老者从背上解下一只水桶，对大家说：“现在只剩这一桶水了，我们要等到最后一刻再喝，不然大家都会没命的。”

他们继续着艰难的行程，那桶水成了他们唯一的希望，看着沉甸甸的水桶，每个人心中都有了一种对生命的渴望。但天气太炎热了，有的人实在支撑不住了。“老伯，让我喝口水吧。”一个小伙子乞求着。“不行，这水要等到最艰难的时候才能喝，你现在还可以坚持一下。”老者生气地说。就这样，他坚决地回绝了每一个想喝水的人。

一个黄昏，大家发现老者不见了，只有那只水桶孤零零地立在前面的沙漠里，沙地上写着一行字：“我不行了，你们带上这桶水走吧，要记住，在走出沙漠之前，谁也不能喝这桶水，这是我最后的命令。”

大家压抑着内心的巨大悲痛，继续出发了，那只沉甸甸的水桶在每个人手里依次传递着，但谁也舍不得打开喝一口，因为他们明白这是老者用自己的生命换来的。

终于，大家顽强地穿越了茫茫沙漠。他们喜极而泣，这时想到了老者留下的那桶水，打开桶盖，里面流出的却是沙子。

信念和希望是生命的维系。很多时候，打败自己的不是外部环境，而是自己的内心。只要一息尚存，就要追求，就要奋斗。无论你的处境多么令人绝望，也要在心底保持一份信念。因为信念能使人释放出几近神奇的力量。只要信念还在，只要希望永存，命运终会让步。

我们经常把信念看成是一些信条，以为它只能在口中说说而已。但是从最基本的观点来看，信念是一种指导原则和信仰，让我们明白了人生的意义和方向。信念人人可以支取，且取之不尽；信念像一张早已安置好的滤网，过滤我们所看到的世界；信念也像脑子的指挥中枢，指挥我们的脑子，让我们照着所相信的去看事情的变化。

斯图尔特·米尔说：“一个有信念的人所焕发出来的力量，不下于99位仅心存兴趣的人。”这也是信念能开启卓越之门的缘故。

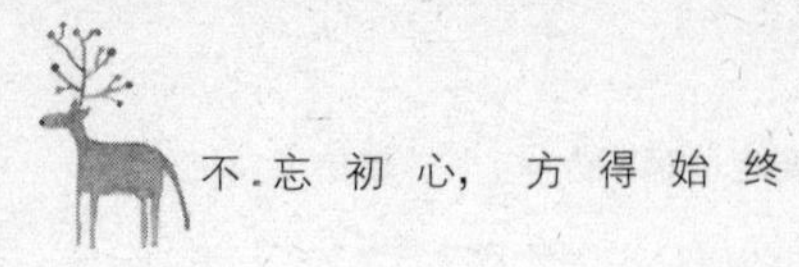

我心中尚未崩坏的地方

冬天的夜晚，中央公园里格外冷清，只有几枝寒梅，在一片岑寂中萧瑟地开着。一个身穿红色呢子大衣的女孩儿，带着一身浓重的酒气摇摇晃晃地挪了进来，颓然地坐在木质座椅上。旁边正蜷缩着身子睡觉的男子听到动静后，猛然坐起来，下意识地摸摸靠在椅子边的手风琴。

不远处的梅林里，有一只流浪猫探出脑袋，棕色的眼睛里带着几分机警，叫了两声后，又自顾自地钻入林子里。

素不相识的两个人，在流浪猫消失不见后，一个从酒意中清醒过来，一个从睡梦中清醒过来。他们借着微弱的月光，看清了彼此的脸。空间距离骤然拉近，使得他们有机会了解彼此。

她没有体会过窘迫的滋味，父亲给的一张不限额度的信用卡，即是她的零用钱。然而，父亲忙于捞钱的事业，母亲热衷于与贵妇们打麻将、做美容，很少腾出时间去关心她。高中毕业后，她便被父亲送到了纽约一所金融大学。在陌生的地方，孤独在她心里猖狂喧嚣。两个月之后，她便扔下一切，买了一张回国的机票。

母亲视若无睹，父亲暴跳如雷，强逼着她再去纽约的大学。绝望如她，只一心想要挣脱这个牢笼，从围墙中逃出来。于是，与父母一起在候机室里等待时，她佯装要上厕所，而后就再也没有回去。与她一起逃亡的，是一个只装着口红与小镜子的背包，以及一张被父亲冻结的信用卡。

在中央公园里与他相遇的这个夜晚，是她出逃的第一天。不知去往何处时，她走进一家酒吧，凭借身上的富裕气质，以及那张水嫩的鹅蛋脸，她从不相识的人那里喝了几杯免费的啤酒。悲愁与酒混杂在一起，更容易使人喝醉。

今晚尚可在公园中挨度一晚，明日又该去往何处？她不知道这个寒冷的冬天，什么时候才会过去；心里的坚冰，什么时候才可以消融。

他在听她絮絮叨叨说完自己的事情后，将已经装好的手风琴拿出，忽然想要弹一首白天经常爱弹的曲子。

她问他，在这么多乐器当中，为何偏偏选择了比较少见的手风琴。他并没有立即回答，而是将手指按在白黑键当中。旋律响起后，她惊奇地发现，他右手弹奏的旋律是悲伤的，而左手弹奏的旋律又带着无可抑制的欢愉。他越是投入，流淌出的旋律便越是交织着伤感与欢欣。一曲弹毕，她只剩下静默。

她依旧不知道冬天什么时候才过去，但她知道冬天必会过去，心里的坚冰也会在某个恰当的时刻融化成碧波与春水。

他的生活很随意，从不讲究，兜里1毛钱不剩时，他便找个公园眯上一晚；受邀在某些小型剧场中演奏而得到一笔小费时，他便会大吃一顿，算是犒劳自己。

可这毫无规律的生活节奏，被半路闯进来的富家女孩儿打乱，身上独有的文艺范与落拓气质也开始沾上市井烟火，有了人间的味道。为了多挣一些生活费，他开始带着她寻找各种可以演出的机会。她也愿意追随其后，日子纵然窘迫了些，到底比笼子里的金丝雀自由与快乐得多。

他一边弹奏着悲伤与欢快混合的乐曲，一边看着台下目不转睛注视着自己的女孩儿，任凭观众多么热情，她一个人就是他的全场。几乎是在一刹那之间，他确认自己已经爱上她。

贫穷的人一无所有，只能用整颗心来爱一个人。在无数个失眠的夜晚挣扎过后，他终于对她说出心中溢满的爱意。她愣在原地，久久未做出任何回应。

在租来的简陋小屋里，她长时间地盯着天花板。她问自己，是否曾经爱过他，或许在某时某刻心动过，但她明白心动的代价是什么。或许她只是被朦胧的好感蒙蔽，只是在无依无靠时单纯地想要依赖他。

她侧过身环视了一下这拥挤的房间，以及躺在沙发上的只会弹奏手风琴的他，心中涌上一股辛酸。

黎明将至时，她轻轻穿好衣服，走到他身边给了他深深一吻，并把一张纸条放在自制的木桌上，而后走出这间屋子。

“我比较爱我自己。”他在她走后睁开闭着的双眼，看到了她给予的回应。

他心中有一团烟火，等待着为她绽放，而她只是看到了那呛人的浓烟。

日子照旧过着，心中虽有地方在渐渐崩塌，但手风琴总有一半欢乐的旋律。那些看似走不出的低谷与绝望，或许只是一时的阴霾与烟雨。至少那段与她有关的玫瑰色时光，可以在他寂寞时给他些许温柔的安慰。

过了很久，久到说不清是两三年，还是四五年，久到他快要分不清那个从他的岁月中路过的女孩儿，是在梦中，还是真实存在过。那一天，他仍旧穿着那件稍稍脱线的毛衫站在剧场中，闭着眼睛弹奏那架已经发旧的手风琴，悲伤与欢快的情绪在心间交织流淌，就像爱情之中忧愁与甜蜜的双重奏。

他按下最后一个音符，观众的掌声响起。当他缓缓睁开眼睛时，他发现很久之前的那个女孩儿就站在人群中，长发剪短了，干脆利落，有一种男孩式的明朗与爽快。他的视线越过层层叠叠的人群，直抵她的眼睛。耳边的喧嚣瞬间消隐，他只听得见她轻快的笑声。

在这个破坏性极强的世界里，没有什么坚不可摧。但我仍死死守着爱情的门，确保它完好无损，以便有一天你回过头来寻我时，我可以将你迎进那间雨雪不侵的小屋中。

我或许一无所有，而值得我骄傲的是，我在披荆斩棘之后，仍具有爱的能力。

用意志的力量让上天改判

美国的钢铁大王安德鲁·卡内基在一次讲话中这么说过：“对于那些生来一无所有的年轻人，我想向他们表示祝贺。因为他们出生在一个令人荣耀的境地，这种环境注定了他们必须孜孜以求、不懈努力才能够改变自己的处境，才能出人头地”。

在这个世界上有无数的青年，他们依靠自己的力量努力拼搏，站在了最优秀的人群的前列，成为对社会有用的公民。他们无愧于授予自己的所有荣誉。而大部分富豪的子孙们却难以抵制先辈们留给他们的大笔财富的诱惑，沦落为对社会没有任何价值的寄生虫。正如安德鲁·卡内基所说：“如果我能够选择的话，我宁愿给一个年轻人留下一些磨难，让他去承受、去磨砺，而不是留给他万能的金钱，让金钱成为他的负担和重压。”

不要轻视那些从普通学校里走出来、一头扎进工作中的年轻人，也不要轻视那些在办公室里干诸如端茶扫地一类最低等的活的年轻人，他很可能就是一匹黑马，你最好还是密切注意他，终有一天他会向你挑战的。

1913年1月5日，凯蒙斯·威尔逊诞生于美国南方孟菲斯市西北的奥西奥拉小城镇。他的父亲查尔斯·凯蒙斯·威尔逊曾在海军服役，当一名司炉工和办事员，后来离开了海军，在国民人寿和意外事故保险公司工作，负责推销保险。由于老凯蒙斯工作出色，于1912年接受公司的委派，前往奥西奥拉，在那里开设一个办事处。他的母亲多尔·威尔逊出生在孟菲斯市一个十分贫困的家庭，她10多岁时就去当卖杂货的营业员。他们的小男孩出生了，这时，对于这位年纪轻轻又有雄心壮志的保险代理人及其新娘来说，前途一片灿烂光明。他们给儿子取名为小查尔斯·凯蒙斯·威尔逊。

可是，仅仅9个月后，悲剧突然袭来。29岁的老凯蒙斯患了一种叫作肌肉萎缩性侧索硬化症的不治之症，支配肌肉运动的神经细胞出现病变衰退，非常痛苦。1913年10月4日，他还来不及看到自己的儿子过周岁生日便去世了，多尔年方18就成了寡妇和单身母亲。

老凯蒙斯似乎有预见，生前就买了一份保价为2000美元的保险单，死后赔款付给多尔。这笔钱在1913年是一笔可观的金额。可是，一名没有道德的丧葬用品销售商在同多尔打交道时，利用了年轻寡妇的悲痛心情，劝说她给亡夫大办丧事，从而把根据保险单得到的全部款项耗用殆尽。老凯蒙斯的墓葬颇有气魄，但丧事过后，多尔几乎分文不剩。

在那个年代、那个地方，一个年仅18岁、几乎身无分文的寡妇，却下定主意：任何艰难困苦都阻挡不住自己抚养儿子，并把他培养成将来在世界上有所建树、留下印记的人。多尔带着她的孩子回到了孟菲斯市，迁往沃特金斯北街336号自己的母亲处居住。在取得政府补助之前的那段日子里，多尔别无选择，只有走出家门去工作，以养活自己和年幼的儿子。最后她成功了。

威尔逊后来回忆说："我的母亲找到了一份工作，给一位牙医当助手，每周工资11美元。后来，她当上了一名簿记员。可是，她1个月的收入从来没有超过125美元。此情此景，你能想象得出吗？回首当年，那是何等艰难的岁月，真是度日如年啊！"

这个世界上没有那么多"不可能"，即使被判了"死刑"，我们也可以用意志的力量让上天改判。真正顽强的生命总是不肯屈服于命运，并用自己的努力去战胜。只要我们能够拿出足够的勇气和毅力，向"不可能"宣战，那么我们最终定将获得成功的喜悦。

生活是一种选择，复杂或简单

生活是一种选择，复杂或简单，都是个人选择的结果。你可以保持内心的简单与朴素，为自己选择一种简单的生活，也可以用无意义的空虚来让自己的生活变得复杂不堪。

简单的生活是快乐的源头，它为你省去了许多汲于物外的烦恼，也为你身心的解放开拓了更大的空间。

简单生活并不是要你放弃追求，放弃劳作，而是要你抓住生活、工作的本质及重心，以四两拨千斤的方式，去掉世俗浮华的琐事。卡尔逊说："简单生活不是自甘贫贱。你可以开一辆昂贵的车，但仍然可以使生活简化。一个基本的概念在于你想要改进你的生活品质而已。关键是诚实地面对自己，想想生命中对自己真正重要的是什么。"

其实，简单生活不需要太多的条件。跳出忙碌的圈子，看清生活的真相，找到自己的生活标准，摆脱金钱和名利的羁绊……当你做到了这些，你就会发现：原来自己的生活可以变得如此简单。

为了追寻生命的意义，梭罗带着一把斧子走进森林，在那里生活了将近两年的时间。这种返璞归真的生活方式让他得以远离现代物质文明的侵扰，深深思考生命的本质。智慧的光芒像清晨的阳光一样照耀着他。他思索着，为世人留下了不朽的名著——《瓦尔登湖》。他说："我来到森林，因为我想悠闲地生活，只面对现实生活的本质，并发掘生活意义之所在。我不想当死亡降临的时候，才发现我从未享受过生活的乐趣。我要充分享受人生，吸吮生活的全部滋养。"

梭罗走进山林是为了寻求生活的真正意义。脱离复杂的外部世界，他让自己置身于一种最简单、最自然的生活中。在大自然的启发下，在宁静的湖光山色中，他发现了很多原来未曾发现的生命的秘密。同样，对于生活在喧闹都市中的现代人来说，简单也有着很强的吸引力。

因为它可以把我们带到一个似乎与绝大部分世人正在前进的方向截然相反的方向：远离炫耀、积聚财富、利己主义、公众曝光，追求一种更安宁、谦逊、坦诚的生活。在这种生活中我们能够更强烈地感受到生活的真正意义与乐趣。

沃德是一位法国人，他独自生活在法国东南部一块荒凉的土地上。他每天的生活很简单：到户外去种树。

一年又一年，他不辞辛劳，就这样一粒粒地播种，一棵棵地栽树。

树开始长成森林，保存住了土壤里的水分，于是其他的植物也能够生长了，鸟儿们可以在这儿筑巢了，小溪可以流淌了，这儿又成了适合人类居住的绿洲。

临终前，他用自己的辛勤劳作，完全改变和恢复了整个地区的自然环境。原来逃离那儿的人，又重新搬了回去，幸福地生活在那片土地上。

这是一个关于生活选择的故事：每天努力工作，为自己也为他人栽种希望，培育幸福。这个工作可能简单而普通，但它的影响力却是十分持久的。

沃德的故事说明了这样一个道理：生活的真正意义和乐趣不在于你拥有了多少外在的财富和荣耀，而在于你是否从事了对别人有益的事情，是否体现了自我的价值。和沃德一样，你也应当采取同样一种态度去面对自己的生活，使自己的生活远离浮躁和纷扰，让自己过上一种简单而有意义的日子。

驴子和野牛

一个心智健全的人不会无缘无故就发脾气，而成熟的人更不会有仇恨的困扰。因为他们知道，在心里埋下仇恨，就意味着放弃了快乐的生活，从此背上沉重的包袱，所有的苦闷将在心底发酵。所以他们即使无法调节自己的情绪，也会尝试将仇恨的事情忘却。

一头驴子和一头野牛十分要好，它们经常在一起玩耍、吃草。一天，它们发现了一个农夫的果园，里面有绿油油的青草，还有成熟的果子，于是它们偷偷地进入果园，悠闲地吃着青草和树上的果子。园丁一点也没有察觉。驴子吃饱之后，很想引吭高歌一曲，野牛就对驴子说："亲爱的朋友，看在上帝的面子上，你就忍耐一下，等我们出了果园，你再唱歌吧！"驴子说："我现在真的很想唱歌，作为朋友，你应当支持我才对！”“可是，亲爱的朋友，要是你一唱歌，园丁就会发觉，我们就跑不掉了！”

驴子觉得野牛根本不能理解自己现在的心情，它说：“天下再也没有什么比音乐和歌曲更优雅、更能感动人的了，可惜你对音乐一窍不通，我怎么找了你做朋友呀？”驴子没有接受野牛的建议，开始高歌起来。听到它的歌声，园丁马上发现了驴子和野牛，把它们全给逮住了。

驴子因为吃到甜美的果子和青草，一时冲动，高歌一曲，虽然爽快了，但是不幸也来了。驴子无法控制自己的情绪，最终给自己和朋友带来了灾祸。

阿拉伯著名作家阿里，有一次和吉伯、马沙两位朋友一起旅行。3个人行经一处山谷时，马沙失足滑落，幸而吉伯拼命拉他，才将他救起。马沙于是在附近的大石头上刻下了：“某年某月某日，吉伯救了马沙一命。”3个人继续走了几天，来到一处河边，吉伯跟马沙为了一件小事吵了起来，吉伯一气之下打了马沙一耳光。马沙跑到沙滩上写下：“某年某月某日，吉伯打了马沙一耳光。”

当他们旅游回来之后，阿里好奇地问马沙，为什么要把吉伯救他的事刻在石上，将吉伯打他的事写在沙上？马沙回答：“我永远都感激吉伯救了我，至于他打我的事，我会随着沙滩上字迹的消失，而忘得一干二净。”

即使你无法越过仇恨的鸿沟，也可以选择不把仇恨挂在嘴边，像马沙一样。当你暂时忘记了仇恨时，仇恨是无法伤害你的，当没有复仇的念头，心理的创伤就会愈合。忘记不仅能医治被宽容者的缺陷，也能让你在生活中感受到更多的快乐。

生活并不像你想象的那样美满、如意，生活只是生活本身，而人们总是愿意用希望去看待生活：我希望如何如何。可当你一旦发现，生活并不是按照你所希望的样子出现在你面前的时候，那就请你从仇恨中跳出来，像一位智者一样，说一句“没关系”，然后暂时让自己学会忘却。

身体知道答案

身体是我们暂时的栖身之地，是美妙的家园，我们需要尽一切力量照顾好我们的这片家园。对外我们要拒绝被不合理的方式侵扰身体，保持身体健康；对内要探索身体意识里的信息，及时排除心灵上的毒素。

现代都市生活的压力，常常使人们迫切需要找到一个契机发泄。于是有的人为图一时之快，把酒精当作释放压力的方式，这是逃避问题的最常见的方法。确实，它会让你感觉好一点，却隐藏了事实的真相，虽然一开始你可能认识不到，但最后你将会损失惨重。常常饮酒的人，身体每况愈下，继而影响到免疫系统，使你的身体出现很多可怕的疾病。这样，你会发现自己反而比以前感觉更差，甚至增加许多内疚。

如果不吃食物，我们就无法存活，食物能给我们提供能量，制造出新的细胞。但过量饮食也是一种拒绝自爱的表现。虽然我们了解基本的营养知识，但却还用食物来惩罚自己，制造肥胖。因此，我们要学习健康饮食的有关知识，关注自己的饮食，了解饮食对身体的影响。

另外，每个人都应该找到适合自己的锻炼方法，并用积极的态度对待你的锻炼。很多时候，由于受到别人太多的影响，你在自己身上制造了许多障碍，如果你想改变，就必须坚守自己的原则，持之以恒地坚持下去。请在锻炼的时候自我暗示积极的思想，那将会帮助你清除消极的思想。

对内，你要积极探索自己的身体意识。以下这项测试可以帮助你了解身体的意识。

找一处尽量安静、半个小时内无人打扰的地方，你也可以播放一些轻音乐。准备一支笔和几张纸。

选择一个舒适的坐姿，闭上你的眼睛。在想象中，让注意力从脚开始直至头部，将每个部位都尽量放松，驱散紧张感，然后深呼吸几次。接下来的几分钟注意自己的呼吸和气流进出身体的感觉。

当准备完毕后，把注意力放在你希望进一步了解的身体部位上。问自己以下的问题，尽量用直觉来回答。写下你的答案，即便它看起来琐碎无用。

（1）身体这部分的功能是什么？它可以做什么？它是如何与身体其他部位相联系的？它可以让你有能力做些什么？

（2）身体的哪半边比较困难？这半边与哪些方面相关？

（3）为何感到困难？你能说出它的本质吗？尽量用自己的语言来讲。身体的这部分有什么感觉？刺痛？燥热？僵硬？抽痛？描述你身体内部的感受。说不出来？问问你身上的疼痛和伤病，看它们是怎么想的。

（4）描述这部分的颜色、温度和形状。如果换个地方，它会变吗？是不是让你想起了一些事情？

（5）你的身体情况对你的生活有什么影响？写下你不想继续做的事和你想做的事。你觉得改变是一种损失吗？还是欣然接受改变？

（6）现在回顾一下过去几周、几个月、几年内发生的事。发生了哪些意义深重的大事，你觉得自己已经完善处理了这些事情吗？在表象下是不是还有更微妙和无法把握的情感？过去的痛楚是否曾经浮上心头？当经历离婚、亲人死亡或者其他悲痛的周年纪念日时有什么特殊感受？与孩子或父母之间存在沟通问题吗？在试图压抑即将爆发的情绪，还是感到失落、情绪低下，或感到被排斥被虐待？

（7）你以前患过这类型的病吗？当时是否也正被相似的情绪影响？试着为自己的生活写下大纲，记录下所有的疾病和身体问题，以及当时一段时间内你遇到的情感问题。

（8）疾病对你意味着什么？你是否因此感到受挫？你会有愧疚感吗？你给了自己足够的时间吗？对你而言，疾病是不是相当于不用工作、不用面对责任？它是否能帮助你从恐惧和不安中解脱？它对你的人际关系有什么影响？你是否因此从某件事情中脱身？或者你暗地里觉得这是发生在你身上的好事？

（9）生病时，你是否也得到了一些方便？让你感觉有些特别？你是否因为得到呵护而感受到温暖的爱意？病情是否让他人因为之前对你不公而愧疚？你是否觉得生病是自己做错事情招致的惩罚？还是觉得你需要这场病？

（10）你认为自己能够完全康复吗？如果你坐在轮椅中，你能想象出自己独立行走的样子吗？如果你很沮丧，你能想象出自己高兴和大笑的样子吗？如果有人主动为你提供治疗，你会怎么想？诚实回答，你会接受他的治疗吗？如果身体完全康复，你会在余生中做些什么？会受到这次生病的影响吗？

记录下感觉、想法、思想、思考和经历，可以有效地帮助你和自己建立联系，有利于身体的自我治疗。仔细记录你的每句话，细心体会其中的意思。咀嚼那些文字，它们是否有更深层的意思？它们是否影射了你生活的其他方面？这些文字与其他人或事有联系吗？

从写下的所有字句中，你能看得出身体试图表达的信息，了解真实的内在自我，这样才能改变不理想的心理状态，拥有自内而外的健康体魄，身心统一，积攒健康的能量。

成熟就是懂得不抱怨任何人和任何事

生命中并不总是充满了美好的事物，但这不代表应该对那些不美好的事物进行抱怨。每个人的生存都是为了将不美好的事情转化为美好，而得到这种结果的前提就是不抱怨。如果前一分钟还在对着花朵微笑，感谢生命中的美好事物，后一分钟就为路人不小心撞到花朵而大动肝火，那么，他也不能让美好的事物长时间停留心间。

因为，习惯了抱怨，我们就会感性地处理身边的事情。这样，解决问题的时候，就不能清晰、明白地看清事情，很容易导致错误出现。这同时也是人们心理不成熟的表现。在第一次遇到困境的时候，我们可能会受到周围人的影响，没有想办法解决，而是抱怨。也许那个时候年纪很小，甚至不知道抱怨与习惯为何物，只是模仿其他人，跟着一起对当时的境况进行抱怨。那时候的抱怨可能很有效果，大人们看到我们委屈，可能会帮我们解决困难，或是送一个小礼物。随着我们不断成长，抱怨的习惯已经驻扎在心中，只要遇到了困境或是遭遇到了不平等的对待，这个习惯就会自动跳出来，而越是长久的习惯就越难以舍弃。

一个人心理成熟，内心的容量和空间就会很大，他就很少会抱怨。抱怨是内心弱小者的表现，因为内心不成熟，对任何事情都会产生怨气或者受到不好情绪的影响。

科尔斯在一家公司上班，但他很不满意这份工作，他经常向朋友抱怨工作烦琐，老板对他不好，说到过激处就想辞职不做。那天，他的朋友问他：“你对公司的业务完全了解吗？”“不了解。”他说。于是，他的朋友建议他把公司的业务全部搞懂再辞职，希望他把公司当作免费学习的地方，等学完了东西再走。

科尔斯听从了朋友的建议，从此便默记偷学，下班之后也留在办公室研究商业文书。1年后，朋友问他是不是还要辞职，科尔斯惭愧地说：“近半年来，老板对我刮目相看，最近更是不断委以重任，又升官、又加薪，我现在是公司的红人了。看来以前还是我自己的能力有问题，只是我没有注意到，如果早些发现就好了。”

工作不如意，抱怨并不能解决问题。一个人对自己有信心，就不会因为失去某些东西或者不被人看重而抱怨，他们了解自己内心的需求，知道自己需要什么。像科尔斯这样的人很多，他们在平时养成了遇事就抱怨的习惯，因此当生活中出现不如意的事情时，头脑中跳出来的第一个词就是“抱怨”。长此以往，这些人周围就充满了消极的情绪，不仅会吸引更糟糕的事情，还会把那些本该属于他们的幸运排斥了出去，生活自然越来越糟糕。

从心理学的层面上讲，潜意识会依照人们心中设定好的景象来构造真实事物，一旦确定好了心中所想，潜意识就会接收到你传递的信息。如果你的潜意识中充满了乐观与积极，那么你的心理状态也必然是积极的，而且它将会为你吸引来一切有利的积极因素；如果你的潜意识中充满了悲观与绝望，那你的心理世界自然充斥着悲观与绝望的能量，你的生活也会被这些负面情绪干扰。

当我们抱怨的时候，内心就会产生不快乐的情绪，这种情绪会让我们觉得不和谐、不舒服。抱怨还会让我们向外释放出负面的影响，让我们身边的人也被这种负面情绪纠缠，人际关系也自然会变得紧张。

反之，如果将抱怨从潜意识中撤离，我们内在的与周围的负面情绪就会锐减。潜意识的力量会转向正向，那么它为我们吸引来的事物就将是积极的。

一个人心理上足够成熟，心灵空间就会很大。这样的人不会每天让自己生活在抱怨和悲痛之中。抱怨只会让我们离想要的美好事物越来越远，从而无法获得真正想要的一切。停止这种无益的习惯，远离抱怨，我们一定可以获得想要的东西。

三观VS情结

每个人的生活都有起点，在这个起点上，会与很多人相遇，有些人成了生命中的匆匆过客，有些人则成了生死之交。爱情、友情、亲情……所有情都落脚在这个起点上，如此，人与人之间才有了更为和谐的相交。

拉拉和美惠是一对无话不谈的闺密。

此刻，她们正在咖啡馆里，拉拉一副愁眉不展的模样。她只是默默地搅动着咖啡，她不为喝，只为闻那种醇香的味道。以前，美惠总是调侃她，说她活得像一个悲伤的诗人——生活精致细腻，且充满诗情画意，她爱生活中的美好事物，但骨子里又是一个消极主义者，所以她也为一切美好的陨落感到悲伤。

拉拉是闪婚，她嫁给了一个文艺青年，他们一样都喜欢诗。她以为自己遇见了一个真正的灵魂伴侣。她和丈夫花了3个月时间相识相知，他们谈了整整3个月时间的诗歌，他们沉浸在快乐之中。于是，他们仓促地选择了婚姻。

婚后，问题逐一爆发了出来，拉拉是十指不沾阳春水的人，她天生优渥的生活足以让她不用上班就可以安然地度过一生。她对工作中的人没意见，但是自己却死活也不会去做一些“蝇营狗苟”的事情。她文艺、感伤，有一种与柴米油盐酱醋茶格格不入的情结。她宁愿1整个月都去浪漫的餐厅吃饭，也不愿下厨做一顿简单的早餐。

她的丈夫除却钟爱诗歌，却又和拉拉不同。他是一个事业心十足的人，他的疲惫源自在社会和公司里的奔波，他是真心喜欢拉拉，他爱她的温柔体贴，也爱她的创意。但是，他的家仿佛一个冰雪世界，唯美、干净，不见一点烟火气。他觉得那不像是一个家。因为妻子不会做饭，所以没有冒着热气的等待着他回家的晚餐或者夜宵；因为妻子要去看话剧和跳舞，所以他经常在加班后“独守空房”；因为妻子不想身材走形，坚持不生孩子，所以他承受着来自父母的压力。

他们的关系慢慢冷淡了，他觉得自己娶了一个不谙世事的公主，她觉得自己嫁给了一个世故不堪的俗人，两个人陷入了冷战。

美惠听着拉拉的描述，并没有表现得义愤填膺，她问道：“你们结婚之前都没有好好了解一下彼此吗？”

拉拉回答：“有啊，我们都喜欢诗歌。”

“其他的呢？”

“嗯……”

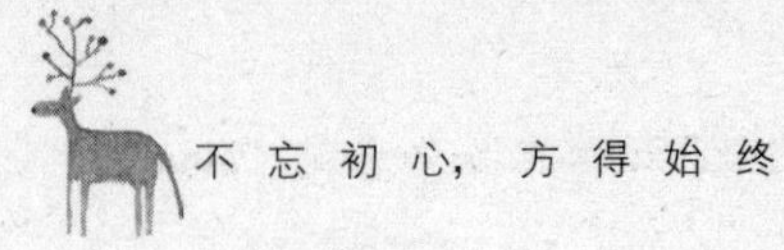

“比如，你们两个人的三观，你知道他对家庭的看法吗？你了解他是怎么认知金钱的吗？他对妻子这个角色的定位是怎样的？除了诗歌，他还有什么其他爱好？他对婚姻的态度是怎样的？他事业心强不强？……这些你都了解吗？”

“没有。”

“那你了解什么？充满诗意的生活？浪漫的情调？他愿意陪你过这样的生活吗？他承受得了这样的生活所付出的代价吗？”

“我不知道。”

“不，你知道的。你现在其实已经非常清楚了。你俩都懂浪漫，但是对浪漫的定义不一样，浪漫对你来说是生命的全部，对他来说只是一种调剂品。”

拉拉爱浪漫，这并没有错，她有能力负担得起这样的人生，哪怕不是因为自己的努力，而只是父母的福荫，但是，这并不妨碍她享受这样的幸福。可是她的丈夫不同，她的丈夫有更多的欲望要去满足，有更多的社会职责要去负担，有更多的理想要去追求。两个人都不是坏人，两个人也并没有伤害对方的心思，他们只是做了自己而已。

两个人的爱始于激情，止于三观不合。

生活，很多时候就是这个样子，它有很多面。人与人之间也是如此，你总得去关注最本质的东西，不能只关注表象的繁华所产生的快乐。

死和生都是自然而然的

死和生都是自然而然的。对人来说，或许出生和死亡一样痛苦。人生就是一个向死而生的过程，只有明白了生与死的关系，才能勇敢地面对死亡，积极地生活。

美国诗人桑德伯格写过一首题为《特快列车》的诗。

我乘上一辆特快列车，这国家最棒的火车之一。

火车载着15节车厢里的上千人，飞驰过草原，驶入蓝色的雾霭和深色的气氲。

所有的车厢都将锈蚀，成为废铁；

所有在餐车和卧铺车厢里谈笑的男人女人都将化为灰烬。

我问一个正在吸烟的男人要去哪儿。

他回答说：“奥马哈。”

不知你是否猜到，这是一首关于死亡的诗，既在感慨火车这个钢铁巨人的脆弱，同时也在感叹生命的有限。那个说将要去奥马哈的人，在他的意识中，最终的目的地就是死亡，这是对于死亡这个长期被我们忽视的主题进行的简要明了的总结。人生有限，所有人都会走向死亡。作为成长最重要的一步，你必须承认这样一个事实，即每个人都将走向死亡，都将锈蚀，变成废铁、灰烬。

死亡不是人生的掠夺者，而更像是给予者。死亡让我们更强烈地感受到了生命的意义。如果你感觉生命无意义或无聊，我能给你的最好建议，莫过于要你立即与死亡建立起特别关系。像所有伟大的爱一样，死亡充满了神秘，能够激发人的激情。在你与神秘的死亡进行斗争时，你将发现生命的意义所在。

阿尔伯特·史怀哲写道：“如果我们想成长为真正的好人，我们必须要了解死亡。我们不必每天或每小时都想着它，但是当生活之路把我们带到一个新的制高点时，我们周围的景物逐渐消失，我们凝视着远方直到天边。这时，不要闭上眼睛，让我们的思绪暂时静止下来，眺望远方，然后再继续思考。以这样一种方式去思考死亡，就会使你增添一份对生命的爱。了解死亡之后，我们就像接受一件礼物一样去迎接每一天、每一个星期。一旦我们能够这样接受生命，慢慢地，生命就变得弥足珍贵了。”

很久以前，有一个传说，人们对死神大加批评。人们说，死神是盲目的、不公正的、不合时宜的，它会把可爱的孩子带走，却把满嘴污秽的家伙留在这个世界上；它把正处于花季充满梦想的少年带走，却把风烛残年的老家伙留在这个世界上。

死神在听过这些愚蠢而又激烈的词语之后，展开了它巨大的翅膀，离开了地球。地球上的人们大声欢呼。人们终于可以永无休止地活下去，不用再整日生活在对死亡的恐惧之中了。地球似乎也变得面目一新，充满了生气，因为死亡这个古老的咒语已经不再影响人类了。

但是，随着时间的推移，那些疾病缠身的人躺在床上痛苦地呻吟，看不到一点儿解脱的希望。对于那些年老的人来说，他们甚至已经无法支撑自己的体重了。这个地球变得拥挤不堪，一代代的人都生活在上面。

最终，由于地球上已经没有死神，人的生命变成了一种难以忍受的痛苦。人们再也无法忍受，终于又聚集在了一起，乞求上帝把死亡之神送回地球。上帝答应了人类的要求，终于把死神派了回来。看到人类的惨景之后，死神终于又开始了自己的工作。

这不仅是一个寓言，还体现着一条哲理。如果没有死亡，任何人都不会有健全的道德生命。如果死亡在生命的尽头自然而然地来临，它对于人们来说就是一种恩赐。

Chapter 6

我愿朝着太阳生长

卢森堡：“不管发生什么事，都请安静且愉快地接受人生，勇敢地、大胆地，而且永远地微笑着。”

特殊的鱼市

美国著名的社会心理学家马斯洛曾说：“心若改变，你的态度跟着改变；态度改变，你的习惯跟着改变；习惯改变，你的性格跟着改变；性格改变，你的命运跟着改变。”换言之：你拥有一个怎样的心态，就会拥有一个怎样的人生。

人生有快乐时，也有烦恼时。生活中，每个人都会有快乐的体验，也会有烦恼的体验，不同的是，有的人快乐多于烦恼，有的人烦恼多于快乐。

一个乐观的人不是没有烦恼，而是善于排解烦恼，化消极心态为积极心态，尽可能保持乐观的心态。心态乐观开朗的话，他在这段时间里就可能是很积极的，不管在工作中还是在生活上，都能很好地完成任务。这类人在这段时间里自我价值的实现也就相对比较多。自我价值实现得越多，自我肯定的成就感也就越多，这样就能拥有一个好的心情，形成一个良性循环。

有一次，英国游客迈克到美国观光，导游说西雅图有个很特殊的鱼市，在那里买鱼是一种享受。迈克和同行的朋友们听了，都觉得非常好奇，想知道有什么特殊性。

那一天，天气不是很好，迈克却发现市场中并无刺鼻的鱼腥味，迎面而来的是鱼贩们欢快的笑声。他们面带笑容，像合作无间的棒球队员，让冰冻的鱼像棒球一样，在空中飞来飞去，大家互相唱和：“啊，5条鱼飞到明尼苏达去了。”“8只螃蟹飞到了堪萨斯。”这是多么和谐的生活，充满了乐趣和欢笑。

迈克问当地的鱼贩："你们在这种环境下工作，为什么能保持愉快的心情呢？"

鱼贩说，事实上，几年前这个鱼市也是一个没有生气的地方，大家整天抱怨，后来，大家认为与其每天抱怨沉重的工作，不如改变工作的品质。于是，他们不再抱怨生活本身，而是把卖鱼当成一种艺术。再后来，一个创意接着一个创意，一串笑声接着另一串笑声，他们生活得快乐无比。

一个生活中布满阴霾的人并不是命运不好、境遇不好，只是自己的心态不好，因此即使最快乐的事到了他那里也会变成烦恼，这样的人悲观、抑郁，整天愁眉苦脸地面对生活，不管做什么事情都不积极，错误百出，而且还可能经常对别人发脾气，甚至不愿意配合别人的工作，人际关系相当紧张。结果，他的自我价值实现得越来越少，自我否定的因素不断增加，从而使心情更加消极抑郁，形成一个恶性循环。

我们常常会听到别人说，审美的眼光会创造阳光的人生，而消极的心态则让人生布满阴霾；积极的心态是成功的源泉，是生命的阳光和温暖，而消极的心态是失败的开始，是生命的无形杀手。

生活的艺术可以用许多方法表现出来。在我们的生活中，没有任何东西应该被不屑一顾，没有任何一件小事可以被忽略。一次家庭聚会，一件普通得不能再普通的家务都可以为我们的生活带来无穷的乐趣与活力。

生活中原本有许多我们没有发现的美妙东西，只是因为我们的脚步太匆忙、太浮躁，没有好好去品味那些细枝末节背后所蕴含的美好的真意。其实，只要我们肯打开心灵的眼睛，用平静的心态去欣赏生活、感受生活，就会发现生命中充满了精彩和快乐。

如果想要生活不是充满灰色的单调，心理学家建议我们要对生活有着审美的眼光。在一个对生活充满好奇的人看来，生活是一处看不厌的风景。对于一个心灵丰富、善于感受生活的人来说，生活中永远是充满了新奇，而不是枯燥。

总会有些美好的东西伴随着伤痛走来

来的来了，去的去了，留不住的留不住，在身边的在身边。

又一次被广播站站长当成个案来批评了。

“播音的时候，话尾不能掉下去，没声没气的。这样你说得憋气，别人在外面听着也憋气。”

小乔沮丧地低着头，硬是把那股摔门而去的冲动压制下去了。

“老娘这段日子也憋气，说得憋气你们就听听好啦，不想听的话当初别招我啊。”小乔愤愤地在日记里写道。

这个号称全国最好的研究生院，并不是小乔最想来的。她想去的那个学校，凤凰花会开两季，一季新生来，一季新生走。她甚至都已经设想好了，没课的时候到海边去听潮声，秋天的时候要去园博会，天气好的时候在环岛路骑车，乘轮渡到另一边的岛屿上听钢琴声。

虽然她已经尽了十二分的努力，但是因为准备时间太短，英语差了两分，所以没考上那所学校。当她拖着几大箱行李来到这个望京的小院时，楼外攀满了爬山虎，连窗户都几乎全部遮住，一大片绿葱茏茏，反照着黄昏的阳光。

虽然有无数名人从这里走出去，无限深情地撰文怀念过这个小院，但在小乔看来，这里就像个笼子，禁锢了她曾经幻想过无数次的美好青春。

自从到了望京，不知是刻意还是无意，生活过得没有了时间概念，每天被电话和短信吵醒，可是却一点都没有充实感。陌生和恐慌反而一点一点地渗进来，就如同窗外不知何时到来的秋深寒意。

在很多时候，她一个人去看戏，写歌词，画画，也看晦涩的专业书，因为做这些事的时候心里特别平静，不会乱发脾气，不会焦躁地想找人说话，还能让情绪不自觉地有了出口。她觉得自己就是靠着这些苟延残喘地过着日子。

在第一学期快要结束的时候，小乔突然发起了高烧，连续三天三夜烧到39℃以上。她反复地做梦，在每个梦里兜兜转转，醒来头痛欲裂，床褥都是淋漓的汗湿透的印子。第四天起来时，身上开始迅速地布满红疹，去医院一检查，才知道是水痘。倒也不是很严重的病，就是真的痛苦。

被隔离在单独一个人的宿舍里，一整晚一整晚地痒，伴随着高烧不退。就在这个时候，有朋友告诉小乔，她初恋男友的父亲刚刚因病去世了。当初他们分开得仓促又决绝，她曾经在每年的春节都给他父母发拜年短信，后来他有了女友，她不知用什么身份再问候，他也漫不经心地说，有些不合适。

小乔要来了他现在的电话号码，给他发短信，说自己都知道了。

她把“别难过，我会陪着你”几个字打出来又删掉。她睡觉都要握着手机，以防他半夜伤心了睡不着时找不到人说话。而那个男生从始至终都不知道，小乔陪着他说了很多话的夜里，是怎样因水痘发作难受得辗转反侧，咬着牙才熬过了每一分钟，每一个小时。分秒如年，一点都不夸张。

在小乔慢慢痊愈之后，她与那个男孩的短信往来也默契地渐渐少了。如果说再次联系上他也得到他及时回应而让小乔有过短暂错觉的话，那么后来，她反而感到很坦然。

曼德拉和甘地陷于囚室，他们伟大的灵魂却不曾被禁锢。但我们都是普通人，都曾因为得不到的糖果，实现不了的梦想，而一度将自己打入囚笼。没有人能够放你出来，因为钥匙就在你自己手上。也许会遇到一个契机，也许要经过漫长的岁月，你才能从容地走出来。

遗憾是一种更高级别的告别，疼痛也是。总会有些美好的东西伴随着伤痛走来。

做一个树一样的人

有时候，成熟是一瞬间的事，不在乎时间长短。

该经历的事总是要经历，既然无法避免，那就勇敢地面对。这不过是最实在的处世哲学，没有什么事能善始善终，也没有什么人会陪我们很远。

很多事情，并非争取了，努力了，就会有个好的结果，比如爱情。

只不过是不想让你自己后悔。可是，常常却是那些粉饰性的字眼一次次让你心安理得地勇往直前，无所畏惧。

都不知道，你在别人眼中，不过是个小丑，仅此而已。

你的偏执，也许用在了错的事，错的人上。

那段时间，你很痛苦，爱是那么身不由己。如果可以，你说，你也不想爱上一个不爱你的男人。

绝望的时候，朋友陪在你身边。

你自嘲地笑笑："我是不是很傻。我不需要他常常对我嘘寒问暖，不需要他为我买东买西，我甚至不需要和他天长地久，山无陵天地合，才敢与君绝。我只需要，他有那么一点点是真心爱过我就好。"

是，你真傻，傻得自尊都可以抛弃，傻得低到尘埃，还开出颤抖的花，傻得大家只想给你两巴掌，好让你彻底清醒。

不出意料，那个人再也没有出现过，在你和他某次冷战后。

你后悔对他发脾气，你后悔冷战，以为不冷战，他就不会离开你。这样也好，越早离开，对你来说，越早解脱。伤痛虽然难以接受，但总好过温水煮青蛙，不知不觉就耗掉半辈子，而无法脱身。

有的时候，你只需要对自己狠一点，狠一点，再狠一点。

在这个世界上，有些人出现在你的生命中，只是为了告诉你："你出现过，丢下过我，我才明白遗忘并没有想象中那样艰难。这或许是你给予我，最后的意义。"

一个人能拥有的，并不多。大多数都只是过客，最终还是要离开的。

"爱是两个人的事，如果只有你还执着着，纠缠着，原地打滚，痛苦地爱着，时过境迁之后，你会发现是自己挖了个坑，下面埋葬的全部都是青春。"你曾经说很喜欢这句话，还念给朋友听。现在，你是不是也该说给自己听。

纠结的，不是别人，正是你自己。

对你自己而言，没有无可奈何，也没有遗憾之说，它只是你漫漫人生路上的一个教训。在年少轻狂的青涩时光，你那段空白而自作多情的记忆，就让它一直保持原样好了，有时候，不完美即意味着完美。

人生有那么多的遗憾、教训、不舍、离别、痛苦，这一点点，不算什么。在一定的年龄，幼稚过、偏执过或许还是件好事。

那些过去的就让它过去好了，像泡沫般不留任何印记。

期待是一切痛苦的根源。不再有所期待，我想，你大概也不愿痛苦地生活。

每个人都在过着看似平淡却急匆匆走向不同方向的道路。

每个人都在失意的事中或主动或被动地选择了新的开始。

每个人都在时间的推动下，不声不响地开始新生活。

而这，是你可以并且能够选择的方式。

是像一棵树般昂首挺立，还是像地锦永远依附他人，缠缠绕绕？

亦舒说，聪明的人从不报复，他们匆匆离去，从头开始。

现在，你终于开始过得好了。

每天24个小时，花10个小时做你喜欢的事。和那些可爱有趣的同事一起工作吃饭聊天；一起替他们过生日，一起去喝酒，一起去学探戈，一起去打网球，一起去做美甲；一起接受客户的赞美与认同，那都是每一天最开心的时刻。

你愿意花5个小时，文火慢炖一盅麦冬雪梨叶片汤暖胃。

睡之前，看看喜爱的书，或者电影，任凭思绪胡乱纷飞。

你知道，这是一座山，没有人能陪你一起爬，也没有任何可以支撑的东西。你唯一能支撑的不过是自己的意志力。

你得慢慢地一步一步走出来，就算是脚踏荆棘，也不能有半点退缩。因为，这对你来说，是最佳的选择，也是最好的路。

这样一个人的状态，你已经很习惯，也感到很安心。

不再害怕，也不再焦虑。

晚上抬头望着晴空，为自己默默地点赞。

后来，你身边也出现了那个视你如珍宝的人，千帆过尽，只取一瓢饮。还是终有一人快马加鞭而来。

那个真正爱你的人，他不忍心让你久等。

你再也不会悲伤，昂扬成了你永恒的姿态。那个重要的人欣赏你，支持你，护你周全。

你坚强自信地挺立，像棵树一样，倔强而亮丽。

不管生活再怎样破碎，本能地生存下去吧

《被嫌弃的松子的一生》中有几句台词。

只要是女人，无论是谁，都憧憬着成为童话中那可爱的白雪公主和灰姑娘。可是，不知道哪个地方的齿轮不对，本来憧憬着成为白天鹅，醒来却发现变成了漆黑的乌鸦，但是人生却只有一次，如果这是童话，那这童话就太残酷了。

生而在世，我很抱歉。

究竟是什么样的一个人，度过了怎样悲惨的一生才能有如此字字泣血、句句揪心的感悟。

一个人漫长而悲惨压抑的一生，在两个多小时艳丽温暖的光影世界中讲述完毕。

如此愚笨如此傻的松子，让人又爱又恨。

学生偷了旅馆主人的钱不肯主动站出来认错，她不愿意因为这件事毁了学生的前途，自己拿钱还回去。自己的钱不够，她还

“拿”别人的钱，替学生背负盗窃的罪名，最后被学校辞退。这不是热心善良，这叫又傻又蠢。

当然，这是松子人生中最重要的转折点。

之后，她背起行囊，冲出家门，毅然决然地踏上了一条崭新的路途，也许她自己都未曾意料到，新的路途连接的是命途多舛的一生。

她和江郎才尽的作家同居，忍受他古怪的脾气和家常便饭般的殴打与虐待，脑海中从未想过离开。为了让他安心写作，她一心一意地努力赚钱，甚至去鱼龙混杂的“白夜浴场”应聘，找亲弟弟借钱。这不叫爱，这叫自我作践。

目睹作家男友自杀后，她居然和男友的竞争对手同居，被其利用以证明自己的成功，敌不过他老婆，然后惨遭抛弃。随后，她自暴自弃当了浴室女郎，开始卖笑生活。这不叫没得选择，这叫自甘堕落。

她认识花花公子，又被背叛，在一次争执中将花花公子杀死。逃亡途中她和憨厚老实的理发师相爱，幸福的生活昙花一现，因为警察找到了她。

多年的牢狱生活结束后，看到理发师与其妻子的幸福生活，松子默默离开。这一次，人们以为她终于想通了，将开始真正全新正常的人生，想为她拍手称赞时，却看到她和偷钱的男学生鬼混到了一起。

最终，松子茕茕孑立，死在了和童年家乡相似的那条河边。

上天给了她很多还不算太迟、还可以重新再来的机会，但她统统视而不见，心甘情愿地选择那条通向无尽的黑暗之路。

你恨不得走到她身边，给她一巴掌，让她看看她把自己的生活过成了多糟糕的模样。但又忍不住心疼她，想给她一个拥抱，或是伸一只手给她，将她拉出那骇人的深渊。

她又蠢又傻，在男人的世界里寻觅爱。

爱得勇敢，爱得纯粹，爱得彻底，也爱得遍体鳞伤。

可是，你又打心眼里欣赏她，撞了南墙不回头，头破血流后依然往前走的勇敢。尤其是她毫无疑虑，那么坚定地说：“我要跟着他，就算是下地狱。”

因为，勇敢是一种美好难得的品质。

“我觉得人生完了。”

下一秒，她又能满血复活，站起来再打生活中乱七八糟的小怪兽。

她总让人想起艾佛烈德·德索萨的那句诗。

Love as though you have never been hurt before.

（去爱吧，就像不曾受过伤一样。）

松子的弟弟抱着她的骨灰盒，临走时对他儿子说，她的一生，毫无意义。

可是，到底什么样的人生才有意义呢？

不会放肆爱，拼命计较得失，始终把自己圈在一定的安全距离中，最后当然也不会受伤，一切安稳，平淡如水，获得世俗的幸福结局；还是不求回报地付出，受了伤也不计前嫌还要百分百地去爱，去追逐，即使最终被生活抛弃，人生惨淡收尾。

影片介绍中的那句“不管生活再怎样破碎，她仍然本能地生存下去，这生存本身，足以打动任何人。”

也许，生存本身，生而为人，就是最大的意义。

谢谢你，不完美的自己

世间并不存在完人，你羡慕她有光鲜亮丽的外表，却不知在黑暗之中，她是怎样挣扎着寻找存在的意义。

张女士有一个事业有成的老公，一个漂亮懂事的女儿，自己还在一家国企工作。小区里的人每每提及她时，都不免自卑，说自己无论长相、家世还是工作，都不如她。

在周围人眼中，她的生活没有任何缺憾。

然而，我们眼中的世界，并非世界的真面目。我们的心情，总是左右着外界在我们眼中的倒影。

有一次，小区举办联谊活动。主持人提议大家说说自己生活中的遗憾，有人说自己在外婆去世时未能及时赶回家中，有人说后悔自己没有向隔壁班的女生表白，有人说自己上大学时除却上课便窝在宿舍里，失去了很多交朋友的机会。在场之人除却张女士，每个人都说出了自己的遗憾。当主持人准备进行下一项活动时，张女士忽然站起身来，拿过主持人手中的话筒，问他为什么要把自己落掉。

大家不禁愕然，在外人看来如此完美的她竟然也有遗憾的事情。

她很喜欢绘画，高考填报志愿时，本想填中央美院，但父亲已经为她设计好了以后的人生道路——入名校，进国企。她没有勇气坚持自己的爱好，便服从父亲的意愿，过着按部就班的生活。

她说完之后，周遭阒静无声。

你可明白，不完美并不可怕。可怕的是，你失去了追逐完美的心。

你说得出每一件令自己心生悔意之事，但你是否已然接受这般事实，且完全对这样不完美的自己负责，朝着透出光亮的方向做出改变，以趋近想象中理想的自己？

想必，你是把更多的时间，浪费在了抱怨自己不如某某运气好，不如某某有天赋，不如某某家世阔绰上。

那次联谊会后，每个周末，人们都会看到张女士拿着画板走出小区。她的丈夫则坐在小区亭子下，看着女儿和其他孩子玩耍。

有一个周六，我匆匆忙忙出门，准备参加公司组织的培训，恰巧碰见正准备出门的张女士。那天，她不是去学画画，而是受邀去中央美院参加画展。

我们应当庆幸自己并非十全十美，唯有如此，我们方能以另一种方式激发身上那些潜在的光芒，拨开眼前的重重云雾，走向更远的未来。

允许不完美存在，并不是让人感到羞愧的事情。

无限趋近更为美好的愿景是尊重生命唯一的捷径。

走过平原，也越过险滩之后，对生活仍不失虔诚之心，此时，我们最该对自己说一声：谢谢你，不完美的自己。

每天给自己一个希望

我们每个人都有自己的梦想，都有希望达到的目标。然而，我们很多人在追求目标的过程中，最初都是热情高涨，之后出于种种原因，会感到目标如此的渺茫，最后因绝望而中途放弃。很少有人能够每天都给自己一个希望。

面对逆境和挫折时，我们不要退缩，更不要埋怨挫折对你无休止的磨难，要学会用心灵去打败挫折，用希望去迎接挫折，用坚忍不拔的意志去战胜挫折。

钱锺书先生曾说："天下只有两种人。比如一串葡萄到手，一种人挑好的吃，另一种人把最好的留到最后吃。照例第一种人应该乐观，因为他每吃一颗都是吃剩的葡萄里最好的；第二种人应该悲观，因为他每吃一颗都是吃剩的葡萄里最坏的。不过事实却相反，缘故是第二种人还有希望，第一种人只有回忆。"你是属于哪一种呢？此刻的你是怀有希望，还是时常活在回忆中？我们每个人都应该努力成为钱锺书先生所说的第二种人，心怀希望，积极投入生活。

有一个阿拉伯的富翁，在一次大生意中亏光了所有的钱，并且欠下了债，他卖掉房子、汽车，还清了债务。

此刻，他孤独一人，无儿无女，穷困潦倒，唯有一只心爱的猎狗和一本书与他相依为命。在一个大雪纷飞的夜晚，他来到一座荒僻的村庄，找到一个避风的茅棚。他看到里面有一盏油灯，于是用身上仅存的一根火柴点燃了油灯，拿出书来准备读。但是一阵风忽然把灯吹灭了，四周立刻漆黑一片。这位孤独的老人陷入了黑暗之中，对人生感到彻底绝望，他甚至想到了结束自己的生命。但是，站在身边的猎狗给了他一丝慰藉，他无奈地叹了一口气沉沉睡去。

第二天醒来，他发现心爱的猎狗也被人杀死在门外。抚摸着这只相依为命的猎狗，他突然决定要结束自己的生命，世间再没有什么值得留恋的了。于是，他最后扫视了一眼周围的一切。这时。他发现整个村庄都沉寂在一片可怕的寂静之中。他急步向前，啊，太可怕了，尸体，到处是尸体，一片狼藉。显然，这个村庄昨夜遭到了匪徒的洗劫，连一个活口也没留下来。

看到这可怕的场面，老人不禁心念急转，啊！我是这里唯一幸存的人，我一定要坚强地活下去。此时，一轮红日冉冉升起，照得四周一片光亮。老人欣慰地想，我是这个村庄唯一的幸存者，我没有理由不珍惜自己。虽然我失去了心爱的猎狗，但是，我得到了生命，这才是人生最宝贵的。

老人怀着坚定的信念，迎着灿烂的太阳又出发了。

在绝望的环境中，老人能一再找出理由给自己活下去的希望，这一定是在平时就养成的良好情绪习惯。我们应该在平时就养成每天给自己一个希望的习惯。

把生活中的小麻烦当作上天的礼物

人最大的烦恼之一就是斤斤计较，哪怕是生活中的琐事也常常让我们很烦心，有人不小心刮花了我们新买的爱车，拥挤不堪的公

交车上有人猛踩到了我们的脚，诸如此类。于是，即使别人一再道歉也还是破坏了我们本来愉悦的心情，所以本该快乐充实的一天就因小事消失了，结果我们这一天就过得非常堵心，似乎事事都不顺心。放不下自己心中的块垒，哪怕它非常微小，哪怕它可以忽略不计……可是，我们终究陷入了痛苦的误区。但是，只要你稍微那么一转念，就会茅塞顿开。

玛莎曾在慈爱会中与广为美国人所敬爱的特蕾莎修女共处30多年。从她下面讲述的故事里，可以看出特蕾莎对待人生的感恩态度。

一次，当我做完弥撒，和特蕾莎院长谈到人世间诸多的困难挫折时，她对我说：“其实，世上的艰难困苦又何尝不是俯拾皆是，但如果我们视其为上天恩赐的礼物，那么人们便会减少几许悲观，平添些许快乐……”

不久以后，我和特蕾莎院长乘飞机去纽约。飞机起飞前发生了故障，被迫停飞。当时，我感到失望和沮丧，但想起了特蕾莎院长说过的话，便这样对她说道：“院长，我们今天得到了一份‘小礼物’——我们得待在这儿等4个小时，你不能按计划赶回修道院了。”特蕾莎修女听完我的话，微笑着看了看我，然后便安然地坐下来，拿出一本书，静静地读了起来。从那以后，每当我在生活中遇到磨难与挫折时，便会用这样的话语来表达——“今天我们又得到了一份礼物”“嘿，这可真是个特殊的大礼物”，而这些话竟然有着神奇的效果，往往就在不经意间，困顿难释的心境突然变得开朗，莫名的烦恼也消失不见了，连微笑也会在说话间悄悄爬上人们的脸颊。

特蕾莎修女心怀感恩，生活中的小麻烦，也将其当作一份礼物来对待，保持一种平和的心境。

对待感恩是一种积极的生活态度。美国犹太教哲学家赫舍尔说："世界是这样的，面对着它，人意识到自己受惠于人，而不是主人身份；世界是这样的，你在感知到世界的存在时，必须做出回答，同时也必须承担责任。"

其实，我们每个人从呱呱落地到长大成人的过程中，包含了无数人的心血，其中最重要的有父母、祖父母、外祖父母等亲属，会有很多老师、朋友、同学、同事，也会有无数擦肩而过的陌生人，哪怕这些人只是在我们蹒跚学步时，扶起跌倒的我们；在拥挤的公交车上为我们让了一个座位。

在多元化、快节奏、激烈变化的生命中，当我们面临越来越多的不快和磨难时，充斥我们内心的往往是抱怨、不满、牢骚，仿佛全世界的人都对不起我们。而我们期冀的生活似乎是要全世界都围绕着我们转，唯我独尊，唯有如此才觉得是理所应当。殊不知，我们已经在不经意间丢掉了那份感恩的愉悦、感恩的充实。久而久之，我们会发现生活中似乎已经没有什么值得我们开心的事情，再也难以找到值得我们身心愉悦的事情了。

究竟是生活对我们过分吝啬，还是我们自身看待事物的方式出了问题呢？如果我们都能够像特蕾莎修女那样真诚地感谢生活，将磨难当作命运的祝福，那么我们的人生就会减少很多不必要的烦恼，生活得更加轻松、澄澈明亮。

Chapter 7

去你梦想的方向，过你想过的生活

郭小川：“但愿每次回忆，对生活都不感到负疚。”

自我的迷失和寻找

从来到世上的那一刻，我们的生活似乎一直处在一种寻找的状态当中：寻找幸福、寻找友谊、寻找真爱、寻找安全、寻找金钱……在接二连三的寻找当中，我们是否还能找到自己最初的目标？

一个木匠在工作的时候，不小心把新买的手表掉落在满是木屑的地上，他一边大声抱怨自己的大意，一边手忙脚乱地拨动地上的木屑，想找出他那只心爱的手表。许多伙伴也提着灯、打着手电筒来帮他寻找。可是，大伙儿忙活了大半天，仍然没有任何结果。等这些人都去吃饭的时候，木匠的孩子悄悄地来到那个地方，没一会儿工夫，就找到了手表。

木匠又高兴又惊奇地问他的孩子："你是怎么找到的？"

孩子回答说："我只是静静地坐在地上，然后就听到'嘀嗒''嘀嗒'的声音，我顺着声音去找就找到了。"

心烦意乱、焦躁不安的我们即使有了明确的目标和方向也很难找到真正想要的东西，急切的头脑越是想获得什么，就越容易陷入一种混乱和狂躁当中。而当我们的头脑处于安宁、单纯、寂静的状态下，我们常常能不费太多气力地达到最初的目标。

我们的生命是短暂易逝的，日常生活中又充满了太多的欲望，所以我们总是在寻找一种永恒的状态，寻找一种能够让我们的心智、我们的生活保鲜的东西；或者有人在追求比满足稍纵即逝的欲望更伟大的物质。所有的这种寻找都是一种自我的形式，它仅限于我们头脑的衡量范围之内。无论寻找什么，一个东西也好，或者是寻找通往智慧的途径也好，开始寻找的头脑，它的运动总是处于自己或宽或窄的范围之内。

寻找是在衡量，如果头脑停止衡量、比较、选择、筛选、肯定和否定，就没有寻找。我们总是在寻找更多的经验，想有新的感觉，或者重复旧有的——我们渴望实现自己、成为什么。我们是一个动机制造者，只要有动机存在，不管是多么细微的事情，我们的头脑都会处在制造混乱和恐惧的不安静状态中。因为它总是通过不停的较量和争夺之后才能够寻找到预定的目标或理想的状态。我们一旦感觉到白费力气时，必定会转向暴力，通过强制的手段一再征服和控制。

可是我们为什么要寻找，我们一直在寻找的是什么？事实上我们在寻找什么东西并不重要，重要的是正在寻找的状态。

寻找是一个动作，是一个对头脑制造的想法否定和肯定的过程。一个人所寻找的那个东西只是他自己欲望的反映罢了。如果我们要寻找上帝、快乐、安静，或者其他想要的，那就表示我们已经知道或者已在脑海里构想、想象过它们了。所谓的寻找总是寻找已知的东西，因为寻找的头脑在等待、期盼、妄想时，它找到的东西总是可以识别的，因此是已知的。

寻找局限在思想领域中，所有的寻找和发现都只是在头脑的界限之中，它不会发现它自身之外的东西。但是寻找的状态是完全不同的，它和寻找完全不一样，它不是一个反应，它是寻找的反面。寻找的状态无法被描述，但是如果我们的头脑足够清醒，它就能够了解寻找是什么，就有可能处于那种状态中。

按适合自己的方式生活

人们经常说：“婚姻就像鞋子，合不合适只有脚知道。”生活也是如此，生活得舒服不舒服也只有自己知道。我们要知道，我们生活是为了自己，而不是生活给别人看的。所以，只要选择适合自己的生活方式就好，没必要受别人的影响。

当二战之火直逼英国时，丘吉尔临危受命，肩负起战时首相和三军最高统帅的重任。他凭借智慧和勇气，不但打败了敌人，也征服了自己。那个世界没有他的话，将失去多少光彩啊！同时，这位叱咤战场的风云人物也是世界政治明星中少有的寿星，在人间漫游了90多个春秋。

有人说，丘吉尔是政治家中最贪图享受的一个，他奢华的生活饱受争议，但已经成为他的一个标签。平时，他乐于穿戴高级华丽的服饰，也喜爱精美的佳肴，更愿意有美丽的女郎与他相伴。即使是在他行将就木时，也没有忘记要一杯上等白兰地，一饮而尽，啜饮最后一滴人生的甘美。

他的妻子克莱门坦·丘吉尔直言不讳地说，她的丈夫贪图享受，这种欲望十分强烈。谁要是能给予他所喜爱的舒适环境和东西，他都会接受其款待。

早年他花了5000英镑买下一座高雅的住宅，又花了近2万英镑进行了装饰和整修。后来，丘吉尔又将宅第建成一个迷人的“世外桃源”，有碧波粼粼的湖泊，匠心独特的花园，池塘里游着各色大金鱼。他还多次坐豪华的大型游艇“克里斯蒂纳”号出游，艇上设备的奢华、舒适程度令人咋舌，而且每次出游艇上都备有充足的精美食品和各式美酒，供他沿途享用。

他的家庭日常开支大得惊人。他长年坚持写作，以挣得高额稿酬，用来维持这种生活。他的女儿曾说：“我们整个家庭的开支靠的是爸爸的稿费。”就是出游期间，丘吉尔也没有改变追求舒适生活的习性。有一年，丘吉尔应美国总统罗斯福之邀访美，下榻于白宫皇后卧室，这是一个装饰美观、设备讲究的豪华型居室，有一张十分合适的床，丘吉尔很是满意。

又有一次，丘吉尔被安排在白宫的林肯卧室下榻，一般说来，最高贵的客人才有资格享受这种荣誉和待遇。然而，林肯卧室除了具有特殊的纪念意义，仍旧保持着19世纪中叶林肯当政时的简朴风格，床铺也很普通。丘吉尔无法在这种简陋的环境中安睡。当晚，他只睡了半个小时就忍受不住了。他爬了起来，不顾礼貌和体面，穿着一身睡衣，拎着手提箱，踮起脚尖，从林肯卧室出来，穿过大厅，自行搬进了皇后卧室。

他对洗澡也有特殊的要求，浴缸里必须放上三分之二的水，水温得控制在37℃。他在浴缸中像海豚一样翻身。晨浴一结束，仆人必须人马上将果酱和一杯优质的苏格兰威士忌放到他伸手可及的地方，好让他躺在床上，一边阅读，一边尽情地饮用。晚上7点钟，丘吉尔会洗一天中的第二次澡，稍做休息后就享受丰盛的晚餐。据说，在战争期间，不管战事如何激烈，他总是带着一个锡质的浴盆上前线。

丘吉尔一生身体健康，精力充沛，著作丰富，爱好消遣，喜欢享受生活的甘美。他漫长坎坷的一生，是创造的一生，也是按自己的方式快乐生活的一生。

可见，按照适合自己的方式生活，可以为我们的人生带来无尽的快乐。

生活不是试跑，也不是正式比赛前的准备活动，生活就是生活。我们要为自己选择一种适合自己生活的方式，只有按照自己的方式生活，才能拥有生活的喜悦，享受自己生命的快乐，这样的人生才是真实而幸福的人生。

做自己想做的事

能够驱散我们烦恼的是智慧和理性，而不是远离人世的海角天涯。在生活中，许多人由于遇到挫折而产生了消沉心理。那么，何为消沉？消沉就是指心灰意冷、沮丧颓唐的消极情绪，通常在以下几种情景中产生：一种是人追求的目标脱离实际，看不到现实生活的复杂，由于力不从心而最后失败，消沉心理油然而生；一种是人的意志薄弱，遇到挫折就灰心失望、似乎命运总跟自己作对，处处不顺心、事事不如意，于是就显得精神萎靡；再有一种就是受错误人生观、价值观的影响，认为人生不过如此，看破红尘，把信念、抱负抛在一边，整天浑浑噩噩，消极混世，显得异常颓废。

在日本有一个学业优秀的青年，他去一家大公司应聘，结果名落孙山。这位青年得知这一消息后，深感绝望，顿生轻生之念，幸亏抢救及时，自杀未遂。不久传来消息，他的考试成绩名列榜首，是统计考分时，电脑出了差错，他被公司录用了。但很快又传来消息，说他又被公司解聘了，理由是一个人连如此小的打击都承受不起，又怎么能在今后的岗位上建功立业。

在我们的周围，有很多人之所以没有成功，并不是他们缺少智慧，而是他们面对事情的艰难没有做下去的勇气，他们自认为已经陷入绝境，只知道悲观失望。

即使自己是一粒细沙，也要相信自己能够成为一颗珍珠——只有抱着这样的信念，我们才能走向成功。

消沉是生活的影子，它时时跟随在你的左右，一不小心，你就会被它奴役，你的事业就会成为你的“陪葬”。然而，具有积极心态的人即使遭受重大挫折，也会始终保持着努力向上的积极想法。

小蕊是个品学兼优的孩子，她从小就喜欢小动物，并且希望将来有一天能够成为一名优秀的兽医，这样她就能够和小动物们有更多的接触了。她的这个理想与家人对她的期待发生了冲突，因此在填报高考志愿的时候他们争执了起来。家人希望她选择热门的金融专业，这样出来好就业，赚钱多。而她坚持选择自己的理想，要填农业大学的生物专业。

父母的意见非常强烈，因为这件事父亲和她争吵起来，而她的妈妈也哭着说：“一定不能让优秀的女儿擅作主张。”小蕊望着日渐苍老的父母，最后只能妥协了。没有想到1年后，小琳就拿着挂科的成绩单回来见家长。

原来小蕊实在是不喜欢金融专业，缺乏学习兴趣，无法坚持下去，很多门功课都没有及格，学校也打算让她退学了。小蕊的父母感到很失望，只好对她放任自流了。

但是小蕊没有放弃自己，她报了高考复读班，经过1年的努力，她终于考上了理想的学校，读了自己最喜欢的专业。

由于有了之前的经历，小蕊更明白了自己对理想的热爱。她非常努力，年年拿奖学金，毕业的时候她还代表中国赢得了世界水平的比赛，为祖国争得了荣誉。

每个人都会有一段蛰伏的经历，为成功而默默奋斗。这个时期，你需要的不是浮躁和怨天尤人，而是耐心地做好你现在要做的事。

每个夏天，我们都能听到在高树繁叶之中蝉的清脆鸣叫。它们有透明的羽翼，在风中鸣叫得让人很惬意，殊不知，这些蝉一生中的绝大部分岁月是在土中度过的，只到生命的最后两三个月才破土而出。

人的生命历程其实也是这样，每一个希冀成功的人，也必须有长时间蛰伏地下的经历，以好好磨炼自己，好好培养自己。

烦恼伤害的是一个空虚的人

烦恼最能伤害我们的时候，不是我们有事情做的时候，而是我们无所事事的时候，因为那时我们才有时间去想那些令我们不开心的事情。因此我们要用充实的生活来消耗我们的闲暇时间，而不要只把精力放在我们烦恼的事情上。

有一对夫妻感情很好，丈夫在外面开了一家公司，生意红火。他没日没夜地忙碌，很少在家。女儿在外地读大学，每逢寒暑假才回家。妻子一个人在家，终日无所事事，日子过得很不快乐。

丈夫看到妻子在家闷闷不乐的样子，担心她闷出病来，就对她说："你去亲戚朋友家串串门吧，跟她们聊聊天、打打麻将，你会开心点的。以前总是围着孩子转，没有自己的时间，现在好了，有时间了，要好好利用。"

妻子听从了丈夫的建议，去亲戚、朋友家串门、聊天、打麻将，有一段时间过得很快乐。但是话题聊完了，麻将打腻了，她又变得不开心了。

不开心的妻子又缩回了家里。在家的几天，妻子想了很多，她觉得丈夫说得很对，现在要好好规划一下，充分地享受生活，不能再这样迷迷糊糊地过下去了，要为自己而生活。

于是，她对丈夫说："我想开间花店，这里还没有人开，一定能赚钱。而且我一直很喜欢花，以前就有过这样的想法，只是一直没有做。既能赚钱又感兴趣，一定会做得非常好。"丈夫说："这主意听起来不错，只要你喜欢就放手去做吧！"

花店开张后，妻子每天去花店做生意，她变得忙碌了起来。来买花的人很多，妻子做得很开心，还认识了不少人。看着她开心的样子，丈夫也很开心。可是过了几个月，丈夫算了一笔细账，发现妻子根本不是经商的料，她经营的花店不但不赚钱，反而赔进去不少。

后来有一个朋友问他："你老婆的那家花店还开吗？"他说："还开。""是赚是赔？"他说："赚。""赚多少？"他神秘地一笑。经再三追问，他才悄悄告诉朋友："钱是一分没赚到，赚的是快乐。"

这就是充实的力量。

虽然没有赚到钱，可是在忙碌的生活中收获了很多快乐，而不是在无所事事中吹毛求疵，对任何事情都心生厌倦。

烦恼会掏空我们的思想，干扰我们正常的生活，充实的生活是我们消除烦恼的最好办法，想办法让我们过得充实，去做自己喜欢的事情。让自己的生活充满五彩缤纷的乐趣，这样我们自然没有时间与精力去烦恼了。

人生在世，每个人都会在自己的哭声中到来，在别人的哭声中离去。对于物欲横流的今天，生活在五光十色的现代人而言，我们常常为琐事烦恼而感到人生之累。也许我们懂得烦恼来自我们自身，来自我们自己的人生欲望，但是也许并不知道无事可做也会造成人的烦恼情绪。

适当的忙碌，就很容易帮我们驱散烦恼。投入工作或者某一项活动中，这就是缓解烦恼情绪的好办法。

不要让无谓的人和事占用你的空间

一个成功者往往非常珍惜自己的时间。无论是老板还是打工族，一个做事有计划的人总是能判断出自己面对的顾客在生意上的价值，如果有很多不必要的废话，他们就会想出一个收场的办法。同时，他们也绝对不会在别人的上班时间，去和别人海阔天空地谈些与工作无关的话，因为这样做实际上是在妨碍别人的工作，浪费别人的生命。

一位公司的老总向来就有待客谦恭有礼的美名，他每次与来客把事情谈妥后，便很有礼貌地站起来，与他的客人握手道歉，遗憾地说自己不能有更多的时间再多谈一会儿。那些客人都很理解他，对他的诚恳态度也都非常满意，所以，就不会想到他竟然连多谈一会儿都不肯赏脸。

以沉默寡言和办事迅速、敏捷而著称的每个企业家都是实力雄厚、深谋远虑、目光敏锐、吃苦耐劳的，他们说出来的话，句句都很准确、很到位，都有一定的目的，他们从来不愿意多浪费一点一滴的宝贵资本——时间。当然，有时一个待人做事简捷迅速、斩钉截铁的人，容易引起别人的一些不满，但他们绝对不会把这些不满放在心上。为了在事业上有所成就，为了恪守自己的规矩和原则，他们不得不减少与那些和他们的事业没什么关系的人来往。

其实，那些在事业上有成就的人，都是一些做事专注、有效率而且善于排除来自外界人和事的各种干扰之人。

1945年7月的一个星期的一个早晨，世界上第一枚原子弹在美国新墨西哥沙漠爆炸。40秒钟后，强烈、持久、可怕的爆炸声传到了基地营，第一个有所反应的是1938年诺贝尔物理学奖获得者恩里科·费米。他先是把预先准备好的碎纸片举到头顶撒下，碎纸纷纷飘到他身后约2米处。经过一番测算，费米宣称这颗原子弹的威力相当于1万吨黄色炸药。数星期后，精密仪器对震波的速度、压力进行分析得出的结果，果然证实了费米的准确判断。

事后费米夫人问他爆炸时的情景，费米竟说他曾看到闪光，但并没有听到声响。“没听到声响，这怎么可能呢？”他的夫人惊愕了。

费米解释道：“我当时只注意撒小纸片了……”

你瞧，当原子弹爆炸时，费米把全部注意力都集中到了撒碎纸片上，竟然连“一声巨大的霹雳”“威力相当于几千万颗巨型炸弹爆发出的、令人觉得可怕的爆炸声”都没听到，这是一种多么罕见、多么令人难以置信的专注力啊！

专注的力量是惊人的，集中精神在忘我的境界里专注工作，做起事来不但轻松、有效率，而且也能把事情做得更好。

不要让你的思维转到别的事情、别的需要或别的想法上去。专注于你已经在做的工作，暂时放弃其他所有的事情，这是榜样员工在处理工作时首选的有效方法。他们往往都会巧妙地拒绝自己不擅长或觉得不合理的事，一次只答应做一件事并专注地把它高效率地完成。

造物之神

有个哲学家说过：“命运不是机遇，而是选择。”对于我们来说，生命将是怎样的呢？有人活着，分分秒秒都是煎熬；有人活着，感觉时间不够用；有人活着，稀里糊涂；有人活着，认认真真；有人活着，只为自己；有人活着，为了所有人……生命的形状、色彩只在于我们的选取，多一分幸福，少一分痛悔，才是智者的生活哲学。

有这样一个故事。

第一天，神创造了一头牛。神对牛说：“你要整天在田里替农夫耕田，供应牛奶给人类饮用。你要工作直至日落，而你只能吃草。我给你50年的寿命。”牛不满：“我这么辛苦，还只能吃草，我只要20年寿命，余下的还给你。”神答应了。

第二天，神创造了猴子。神跟猴子说：“你要娱乐人类，令他们欢笑。你要表演翻筋斗，而你只能吃香蕉。我给你20年的寿命。”猴子不满：“要引人发笑，表演杂技，还要翻筋斗，这么辛苦，我活10年好了。”神答应了。

第三天，神创造了狗。神对狗说：“你要站在门口吠，吃主人吃剩的东西。我给你20年的寿命。”狗不满：“整天站在门口吠，我要10年好了，余下的还给你。”神答应了。

第四天，神创造了人。神对人说：“你只需要睡觉、吃东西和玩耍，不用做任何事情，只需要尽情享受生命。我给你20年的寿命。”人抗议：“这么好的生活只有20年？”神没说话。

人对神说：“这样吧。牛还了30年给你，猴子还了10年，狗也还了10年，这些都给我好了，那我就能活到70岁。”神答应了。

每个生灵都有选择权，选择什么样的生活就意味着你要过什么样的生活，所以人们要把握住自己的选择权，无论是人还是事都是一样，想要得到自己想要的东西，就要懂得如何选择。

在现实生活中，常常会有这样的现象：“你们替我决定吧！”“我随便，你们商量去吧！”“怎么都行！”不知道你的生活中是否经常有这样的句子出现。

从表面上看，这些话显示出你很随意的性格，但严肃地分析这些话，你可能会被我的结论吓一跳——这种随便的态度是在敷衍自己的人生。

人生本来就是无数个选择的叠加，我们每天都会做出很多的选择：选择了上课听讲，便不能选择在校园外自由自在地玩耍；选择了研究文学，便不能同时去选择研究物理。时间是线性流逝的，我们在任何一秒钟都有选择的权力，但只能选择一种状态。这每一秒组合起来，就是我们的人生。很多著名的人物，他们都在用一种明确的价值观指导着自己的选择。

在大自然看来，每一个生命都是鲜活灵动的，不管是啼哭的婴儿，还是摇晃着学走路的羊崽，或者是一棵美丽繁茂的树，它们都恣意地生长着，它们都有自己的力量，每一种生物都可以为自己做选择，因为，选择权就在他们自己的手里。

平凡，但不平庸

平凡与平庸是两种截然不同的生活状态：前者如一颗使用中的螺丝钉，虽不起眼，却真真切切地在发挥作用，实现价值；后者就像废弃的钉子，身处机器运转之外，无心也无力参与机器的运作。

平凡者纵使渺小却挖掘着自己生命的全部能量，平庸者却甘居无人发现的角落不肯露头。虽无惊天伟绩但物尽其用、人尽其能，这叫平凡；有能力发挥却自掩才华，自甘埋没，这叫平庸。

世间生命的多种多样，有天上飞的，有水中游的，有陆上爬的，有山中走的；所有生命，都在时间与空间之流中兜兜转转。生命，总以其多彩多姿的形态展现着各自的意义和价值。

“生命的价值，是以一己之生命，带动无限生命的奋起、活跃”，智慧禅光在众生头顶照耀，生命在闪光中显出灿烂，在平凡中显出真实。所以，所有的生命都应该得到祝福。

“若生命是一朵花，就应自然地开放，散发一缕芬芳于人间；若生命是一棵草，就应自然地生长，不因是一棵草而自卑自叹；若生命好比一只蝶，何不翩翩飞舞？”梁晓声笔下的生命皆有一份怡然自得、超然洒脱。芸芸众生，既不是翻江倒海的蛟龙，也不是称霸林中的雄狮，我们在苦海里颠簸，在丛林中避险，平凡得像是海中的一滴水、林中的一片叶。海滩上，这一粒沙与那一粒沙的区别你可能看出？旷野里，这一抔黄土和那一抔黄土的差异你是否能道明？

每个生命都很平凡，但每个生命都不卑微，所以，真正的智者不会让自己的生命陨落在无休无止的自怨自艾中，也不会甘于身心的平庸。

你可见过在悬崖峭壁上卓然屹立的松树？它深深地扎根在岩缝之中，努力舒展着自己的躯干，任凭阳光暴晒，风吹雨打，在残酷的环境中它依旧始终保持着昂扬的斗志和积极的姿态。或许，它很平凡，只是一棵树而已，但是它并不平庸，它努力地保持着自己生命的傲然姿态。

有这样一个寓言让我们懂得：每个生命都不卑微，都是大千世界中不可或缺的一环，都在自己的位置上发挥着自己的作用。

一只老鼠掉进了一只桶里，怎么也出不来。老鼠吱吱地叫着，它发出了哀鸣，可是谁也听不见。可怜的老鼠心想，这只桶大概就是自己的坟墓了。正在这时，一只大象经过桶边，用鼻子把老鼠吊了出来。

“谢谢你，大象。你救了我的命，我希望能报答你。”

大象笑着说：“你准备怎么报答我呢？你不过是一只小小的老鼠。”

过了一些日子，大象不幸被猎人捉住了。猎人用绳子把大象捆了起来，准备等天亮后运走。大象十分伤心，无论怎么挣扎，也无法把绳子扯断。

突然，一只小老鼠出现了。它开始咬绳子，终于在天亮前咬断了绳子，替大象松了绑。

大象感激地说：“谢谢你救了我的性命！你真的很强大！”

“不，其实我只是一只小小的老鼠。”小老鼠平静地回答。

每个生命都有自己绽放光彩的刹那，即使一只小小的老鼠，也能够拯救比自己体型大很多的巨象。故事中的这只老鼠正是星云大师所说的“有道者”，一个真正有道的人，即使别人看不起他，把他看成是卑贱的人，他也不受影响，因为他知道自己的人格、道德，不求别人来了解、来重视。他会在自我的生命之旅中将智慧的种子撒播到世间各处。

别总将自己定位为受害者

现代社会遵循森林法则，弱肉强食，适者生存。在激烈的竞争中总有失败、受到伤害的一方。太单纯、不懂人情世故的人容易成为受害者，另外还有一些人成为受害者是因为他们自己常常将自己定位成受害者：在工作中受了委屈，逢人就喋喋不休地抱怨上司对自己不好；与公婆相处得不融洽时，就向朋友或是邻居说他们如何欺负自己；与伴侣吵架后，逢人就说对方的缺点，哭诉自己在家中的地位低……这些抱怨和述说令听者闻之动容，心生怜悯。但有句话说：“可怜之人必有可恨之处。”这样的“受害者”也有可恨之处，他们并非一定受到了伤害，只不过是将自己看作是弱势的、受到伤害的人，站在这个角度看待别人，就会认为别人对自己总是不够好，所以才觉得自己受到了伤害。

也就是说，让自己成为受害者的并不是别人而是自己。将自己定位成一个受害者，很容易造成两种后果。一是将周围没有恶意的人看作假想敌，导致人际关系越来越差；二是在激烈的竞争中先承认了自己的实力在对方之下，不敢与之抗衡，从心理上，已经认输。要在竞争激烈的社会中混出点名堂来，首先就要消除自己受害者的定位，把自己放在与对方同等的位置上，不输心理优势，才有胜算。

林晓是一家汽车修理厂的修理工，刚进工厂的时候，他还觉得自己干劲十足。可是做了一段时间之后，他觉得自己不适合这个工作，他技术没有别人好，每次工作量评比他都是最后一名。和他一起进入修理厂的一共有三个人，其他两个人一个成了明星员工，一个被公司送入专修学校进修，而林晓却越来越讨厌这份工作。他每天都在抱怨和不满的情绪中度过，觉得自己技术不好是因为师傅偏心，故意不教给他“绝活”；业绩太差是因为自己运气不好，接下来的活都很难做，而别人的活都比较容易。因此，他常常暗地里抱怨不公的生活让他受到了伤害和煎熬，尝尽了失败的滋味。

林晓将自己定位成受害者，这种心理状态形成了定性思维，使他习惯性地顺着这个思维去思考遇到的问题，难以打破这种心理障碍。承认自己是受害的一方就很难成为强者、胜利者。因为受害者往往是弱势群体中的一个成员，或在实力上或在心理上比较弱小。当林晓在内心中将自己定位为受害者的时候，也就向失败迈出了重要的一步。他对自己没有一个清晰的定位，首先就低估了自己。

一个人的发展往往会受到很多因素的影响，这些因素有很多是自己无法把握的：工作不被认同、才能不被重用、职业发展受挫、上司待人不公平……面对诸种情况，首先就将自己定位为一个受害者，从此自怨自艾，自然很难在激烈竞争的社会中生存，更不要提

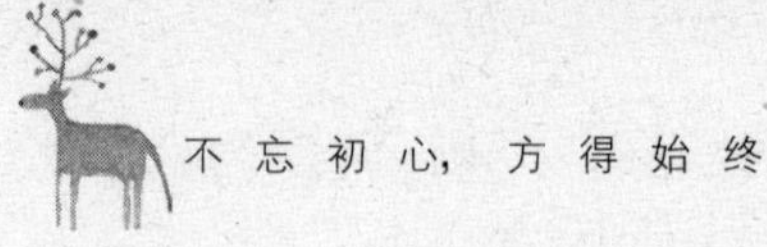

获得成功。不被肯定的时候也不要以受害者的身份和角度去抱怨他人或者命运对自己不公平，因为抱怨的同时你就已经承认了自己的低微地位。强者懂得给自己一个清晰的定位，做自己该做的事情，用实力扭转他人的看法。

Chapter 8

你的孤独，不辜负走过的路

罗曼·罗兰：“生命像一粒种子，藏在生活的深处，在黑土层和人类胶泥的混合物中，在那里，多少世代都留下他们的残骸。一个伟大的人生，其任务就在于把生命从泥土中分离开。这样的生育需要整整一辈子。”

周星驰的童话故事

有些路，注定只能一个人走，那些活得像个孩子的人，注定会走向不同的路。

网络上爆出一个新闻——周星驰的《喜剧之王2》已经在拍摄之中了。不管这个消息是真是假，似乎又重新点燃了周星驰粉丝的热情。

周星驰自己导演的电影，总带着一种童真趣味。比如，《功夫》里面哑女拿着的那根棒棒糖，而在电影结尾，男主角也开了一家糖果店。孩子们在店里来来往往，各色糖果泛着干净而稚嫩的味道。电影里的主角就像那个年纪的男孩子一样，对武侠、功夫充满了天真而勇敢的向往，向往类似《少林足球》里那些神乎其神的招数。这或许和周星驰崇拜李小龙也有分不开的关系，那种青春时代的偶像铭记在心并延续至今。在周星驰的电影里，很多都带有童年的印记，他的作品似乎交错了一场又一场关于过往的回忆，甚至是还原童年的状态和梦想。电影里的“猪笼城寨”就映射了当年的“九龙城寨”。他说过，“我小时候住的地方就是这模样，那是个挤满了人的地方，仿佛所有的人都贴在一起。很自然，你觉得自己能够认识每个人，可以了解邻里之间发生的每件事。但是实际上，很多隐藏在平常邻里关系之下的事情，你根本不会知道。比如说，有一天，我突然发现一个邻居竟然是个武功高手，他住在那里有好多年，我一直都叫他‘老叔’，就算在最奇怪的梦境里，我也绝不会梦到他是一个武功高手。”

同样的，《长江七号》就是一个卖萌的外星人和一个穷苦的小孩子之间的故事，如果有人了解周星驰的人生经历，就会发现，这部电影中的小孩子可能就是周星驰自己的童年反射，他似乎对一切光怪陆离的东西都充满了想象和好奇。《西游·降魔篇》里三藏说："《儿歌三百首》，它能唤醒妖怪内心的真善美，所谓人之初性本善，再加上我独一无二的演绎……"于是，他拿着一本《儿歌三百首》走上了驱魔人的道路。童话、神话、传奇，似乎都能在周星驰这个老小孩的手中发出不一样的光芒。他导演的《美人鱼》也印证了这一点，一个老生常谈却又被"星爷"带入了环保格局的电影。看得出来，周星驰愿意回归本心，回归童真，也愿意关注这个世界的美好丑恶。

很多人都是孤独的，就像周星驰一样。有人夸他才华横溢、演技超群，有人贬他在香港娱乐圈人缘不好，对这一切褒贬，他都选择了沉默。他从一个龙套走向了20世纪90年代初的票房保障，又从一个演员走向了导演，他的表演方式和他的作品似乎都带着一些周星驰式孤独。他至今单身，不会过热地出现在媒体上，仿佛是守护着自己的一亩三分地，编织着独属于自己的童话世界。

很多人也是如此，自己很孤独，但是，仍旧选择孤独地走下去。他们一个人在梦想的道路上踽踽独行，他们回头，鲜少来人，他们往前，没有去者。他们走向生活，走向梦想，他们孤独地守护着自己的童话故事，回忆着或好或坏的过往。他们把过去从心里拿出来，裱成一幅绝美的画，供自己缅怀，供别人欣赏。

和自己相处

你的生活是否已经成了"忙碌"的代名词？在不断和时间的追

逐中，你是否已经忘了独处的乐趣？在繁忙的都市生活中，你应当拥有一定的自我独处的时间，让你可以思考、沉淀，让心情平静，感到轻松愉快。

杰夫·戴维森说过：“如果我们在繁忙的日常生活中没有独自内省，我们的内心将变得空虚。我们需要一个人独处，以便于冥想、祷告、学习、锻炼，以及净化我们的心灵。我们对别人的喜欢、爱和理解都来源于我们对自己的爱。我们都需要充足的时间，以便全面考虑问题、弄清楚我们对自己、对工作、对我们的爱人和其他人的感受。”

对于一个忙碌的现代人来说，一个人独处所带来的快乐很值得珍惜。无论你喜欢单身隐居，还是周末独自在家，或者到无人的海滩上长时间散步，甚至花时间熨衣服，你都会强烈地体验到真实的自我。当你与自己的内心交流时，你是心无旁骛的。

亚莉珊卓女士回忆自己幼年独处的时光时兴致盎然，双眼洋溢着幸福的光芒。“我自幼年起就喜欢与自己为伴。我母亲告诉我，我小时候在婴儿的游戏围栏里能够独自玩上好几个小时，而且心满意足。我认为我的快乐来源于独处的时间——一个人在花园里待着、围着房子闲逛、坐在海边静观船只来来往往、坐在书桌前什么事也不做。我所有的内心宁静、创造力和个人成长都来自我反省自己思想的能力，来自我集中精神的能力，也来自我喜欢与自己为伴的能力”。

忙碌的生活过久了，我们偶尔也会想，如果可以摆脱掉工作，摆脱掉那些善意的关怀，一切将有多美好？如果可以独自一个人，不受干扰地做自己的事，没有义务只有宁静该有多好？可是，当真正有办法找到这样的时间，我们反而会因为害怕孤单而早日回到忙碌的环境中。我们会忘记也会原谅一切，反而出自真心地想念有事做的生活。

如果你想要过简单的生活，和自己相处是绝对必要的，什么事都不做也不用有罪恶感。刚开始情绪也确实会剧烈地起伏不已，但没有关系，让情绪过去（它们总会过去的），接下来，你将拥有生命中难得的经验。

时光会记得，路上的孤独与温暖

在市中心的商场，你正在看当季最流行的一款包包，手机忽然震动起来。你轻轻按下接听键，一边用英语气定神闲地应对客户，声音里满是包着尖刺的温柔，丝毫没有给对方留下反驳的余地，一边继续挑选包包的款式，像是在跟闺密聊明星八卦那样自然。

挂断电话，你让店员将看中的那款包包起来，并将一张信用卡交给身后提着大包小包的男友，随即坐在专为贵宾准备的皮质沙发上，拿出小镜子看看自己的妆容是否有了破绽。

在生活中，你咄咄逼人，电话在响5声之前男友必须得接，想逛街时男友必须陪，想购物时男友不许拦。如果男友对这一切照单全收，你会怪他没出息；如果男友稍有不从，你便会正襟危坐，伶牙俐齿地数落他。

在工作中，你可以几天几夜不睡，直至做出满意的创意方案。如此拼命一年之后，你终于做了公司的创意总监。有时，你会化身为邻家妹妹，提着一大袋下午茶与甜点犒劳睁着一双双熊猫眼的同事们。有时，你又在瞬间变为凶神恶煞的妖魔，对几近完美的方案吹毛求疵，直到被骂得狗血淋头的同事反反复复修改1周的方案，达到你心中虚无缥缈的Feel为止。

在任何人眼中，你都是那样骄傲，那样倔强。你怕被任何人瞧不起，哪怕那个人在你的生活中微不足道，所以你强迫自己达到设定的标准。可是，谁也不知道，你会在深夜蜷缩在沙发上看一部《机器猫》。你心中有一个洞，里面没有疼爱你的父母，也没有快乐的童年，只是来回呼啸着的凛冽的风。所以，你紧紧抓着拥有的一切，并倾尽全力去够那些还未获得的东西。

爱逞强的你，是那样依赖自己满身的刺，它们让你觉得安全。然而，你又是那样期待，男友可以拔掉你身上的这些刺，在你意气风发时为你欢呼、为你鼓掌，在你脆弱疲惫时劝你哭出来，并双手接住你滑落的皇冠。尽管不能如此，你也并不苛求，只要他愿意一直陪伴你就好。

习惯了这样故作高姿态地生活，你越觉得孤单，越需要男友给予的温暖。而那份让人人艳羡的工作，则是你证明自己最好的平台。所以，你永远不会放弃任何一方。

可是，生活注定要让飘浮在云端的你狠狠地摔下来，让你撕心裂肺地痛一回，然后摘下女王的面具，做回最本真的你。

男友说要去看望定居在澳大利亚的父母，临走前帮你擦干净地板，你不曾注意到的边边角角都一尘不染；在客厅桌上的玻璃瓶里插上一大束百合，上面还有水滴；为你准备了一顿可口的饭菜，每道菜都用盘子倒扣着；冰箱、墙壁，甚至床头都贴着便签，事无巨细地写着嘱托的话。

你坚硬的外壳，终于被击碎，不自觉地落下泪来。拿起手机拨通越洋电话，你本想扭捏着说几句感激的话，却被他冰冷的“对不起”硬生生噎回去。越洋电话的信号并不是太稳定，在他欲言又止的空隙里始终夹杂着刺刺的声响。

他并不是单纯地去看望父母，而是去那里定居。

是的，在你想要永远和他在一起时，他却毫无征兆地永远扔下了你。你并非不难过，不疼痛，可是你仍向对方说了毒辣的话，掐着自己的手心，不让自己掉一滴眼泪。

你又变回了那只刺猬，以坚硬锋利的刺示人。为了不受任何伤害，你拒绝了一切温暖。顾城的那句“为了避免结束，你避免了一切开始”，好像是隔着时空专门说给你的。

很多天后，你独自去你们最常去的地方吃烤鱼。服务员看到脸熟的你，随口问你怎么一位。你露出标准的空姐微笑后又在下一秒翻出白眼，服务员自找无趣，只得乖乖为你摆上菜单。

热气腾腾的烤鱼端上桌后，你不动声色地吃起来。正当吃得津津有味时，你听见旁边的女人正在言辞犀利地训斥坐在她对面的男友。他们当中，一个恨不得将对方的额头戳烂，一个则全盘接受，恨不能像小鸡啄米那样高频率地点头。那一刻，你那最后一笔永远飞扬着的精致眼线，终于被眼泪与烤鱼的热气润湿。

这个喋喋不休的人，不正是自己吗？

那时，你才知道男友的逃匿，并不是没有理由的。你因为太害怕孤独，将对方死死攥在手中；你又因为害怕变得卑微，伪装成一副凶悍强势的样子。你心中盛满了滚烫奔涌的爱情，却没有用他能看懂的方式表达出来。

听着旁边的女生继续数落男友，吃着本应该两个人分享的烤鱼，你终于知道，你应该唤回本就不完美却热爱生活的你，至于那件奢华的盔甲，你已经不需要它。

在以后的时间里，当有人开玩笑问起你前男友是怎样的一个人时，你不再怒不可遏，而是笑着说起他的好。

确实，曾经将你捧上幸福云端的人，才真正值得让你夸赞与怀念。他确实让你伤心，可自始至终未曾让你败过胃。即便日后在想起他的时刻疼得死去活来，你仍是如此感激他陪伴你度过那段时光。毕竟，造成伤痛的落差，在于你曾经真切幸福过。

如今的你，不再将愿意对你好的人挡在千里之外，心中有好感时，也会大方坦率地表达出来。时间人手一份，很快就会用到“余生”这一词，而已经错过月亮的你，决心不再错过璀璨的星辰。

你仍是保持着一贯的高姿态，但这份姿态，再不像从前那样热烈如火，仿佛要将人烤化；也不再像以往那样冷漠如冰，让有心靠近的人也远远走开。此时的你，已与生活达成和解，可以温柔得游刃有余，也可以坚韧得不动声色。

你不再纠缠于那些令人遗憾的过往，也不担忧前方的路上是否会遇上洪水猛兽，你只追逐着风的方向，边看风景，边拨开层层云雾，向终途走着。

至于路上的那些孤独与温暖，时光会一一帮你记着。

在日历中留些空白

“9月5号参加一个重要的谈判”“9月6号参加公司的高层管理会议”“12月7号去美国检查分公司的工作”……

在生活中，很多人的行程都提前被安排得满满的。的确，他们是真的很忙，总有做不完的工作。但是，无论多么忙，你总是可以在日历上留一些空白页。当你在繁忙的工作之余，看到日历上没有任何计划的空白页，你的心中会很奇妙地有一种安详宁静的感觉。“留白”是完全属于你的时间，你可以想做什么就做什么，也可以什么事都不做。在你的日历上留白，会给你一种平静的感觉，感觉自己拥有大把珍贵的时间。

在你容许自己在生活中留白之前，你永远找不到时间去做你真正想做的事。但是只要你能为自己留一些空白时间，你就能为自己做一些事，而不只是在应允别人的要求。通常你周围的人会要求你做一些事，或者你的邻居、朋友与家人需要你为他们做些什么。除此，你还有些社会责任，有些是你爱做的，有些则是你应尽的义务。

当然，来自工作，甚至陌生人的恳求也不少，比如电话拜访或推销员的打扰，感觉上好像每个人都想侵占一点你的时间，只有你自己一点时间也没有。

唯一的解决之道是与自己定个约会。和自己约会的方法很简单：在日历上留出几个不让任何人打扰的空白日子即可。

当你在看自己的行程日历时，你会发现这个星期六的2：30～4：30是属于自己的时间。除非有特殊的事情发生，否则任何人都不能从你手中抢走这段时间。也就是说，任何人要求你在这段时间做任何事——同事约你谈一个工作计划、有人要等你的电话、客户需要你帮忙等——任何事都不行，因为你已经有计划了，而这个计划是跟你自己在一起。在这个月接近月底的时候，还有另一天是空白日子，那也是个和自己约会的神圣时光，你必须确定那天绝不会被别的事填满。

你可以想象得到，和自己约会是需要时间慢慢去适应的。也许刚开始这么做时，你的心中总是满怀恐慌，好像在浪费时间，错失机会，甚至有些自私自利。尤其是当你的日历上有空白时，你实在很难向别人说你没有时间！不过，很快你就会知道和自己约会是让自己精神愉快的最有效的方法。

首先是从行事日历中挑选一段固定的时间，一周一次或一个月一次都可以，而且时间长短不限，就算只是几个小时也可以，重点在你为自己留下了一点空白。其次是当别人要跟你约定时间时，绝对不能将这段可贵的留白时光牺牲了。你要特别珍惜这样的时光，甚至比任何时光都重要，别担心，你绝不会因此而变成一个自私的人，相反，当你再度感到生命是属于自己的时候，你会感到无尽的欢乐，也更能感觉到生活的美好。

不要在丛林中迷路

社会是一个大集体，当个体在这个集体中生存时，就必须有一些行为准则来限制。这些准则或是政治约束，或是道德舆论。正是有了这些准则，社会才有了等级和秩序。人们出入不同的场合，就会有不同的规则限制。这些规则有职场的生存法则、人际关系的原则、生活中的各种规范等等。

王明是一位刚刚参加工作的毕业生。他在学校的时候是个书呆子，除了关注一些时事，就没有其他的爱好。进入职场后，王明觉得自己受到了同事的排斥。与同事聊天，王明一说话就会听到有同事在背后嘲笑他。王明的自尊受到了伤害，就变得越来越孤单。原来，因为王明不了解时尚、品牌、娱乐这些新闻，同事们聚在一起说话的时候，王明又总会摆出一副不屑的样子，同事就拿这方面的问题来逗他，结果王明答非所问，同事们就趁机嘲笑他。这样的谈话出现了几次后，王明觉得自己受到了侮辱，就和经理说自己干不下去了，想要辞职。经理了解情况后，也觉得王明不太合群，就同意了王明的要求。

王明刚进入职场，不太适应职场的规则，也很难融入群体活动之中。这些社会规则就像是一个大的迷宫，迷路者或者不懂规则的人很不容易找到出口。这是一个物竞天择的社会，找不到游戏规则，只能在竞争中淘汰，成为一个失败者。而那些轻松就了解了社会规则的人，从中获取了一种强大的力量，他们对事情也有了发言权。

在这段社会历程中，王明在踏入职场的第一天，就是一个盲者。他不懂职场的人际关系，也不明白社会竞争的规则。社会上有人拥有身份和金钱，有人拥有地位和声誉，也有人找不到工作，喝不上汤。生活不幸或者生活困难的原因可能是个人的能力问题，也可能是社会问题。不管是什么原因导致的，要想在复杂的社会中建立强大的心理优势，就要认清眼前出现的问题。

如果王明将自己的问题归结为企业文化，觉得公司的文化氛围不好，就很难找到问题的症结。而如果王明能从自身情况出发分析问题的所在，根据办公室的环境调整自己的心理状态，很快就能融入这个新环境中。不管是办公室还是其他的场合，都会有一定的规则。这些规则会和我们的生活方式有冲撞和矛盾。但只要我们能在心理上树立强大的优势，找到适合自己的解决方案，就能很快找到这些所谓的规则。

社会本身是一个大箱子，里面被权力、金钱、关系、文凭等充斥着。然而，这些物质生活的获得都需要一定的社会规则，不了解社会规则，一味地按照自己的意愿行事，就会在社会丛林中迷路。我们在社会中，要学会遵守社会规则，不让社会规则与我们的生活方式发生大的碰撞，这样我们才能更快地融入社会中。

被不确定性吞没的人

很多人觉得只有周围的一切事物都处在稳定的、不变的状态中，他才会有安稳、幸福的生活。但事实是生活中的每个人每件事都会随着时间和现实情况的改变而产生多多少少的变化，唯一不变的是人可以用不变的、确定的心态去面对这些随时改变的事物。也就是说，安全感和稳定的生活从来不是别人或者周围的环境给的，而是源自一个人的内心。如果一个人很容易就受到他人或者不确定性的行为影响，最根本的原因是自己内心世界的秩序不够稳定。

虽然有时候人无法控制外面的世界，很难控制事情的发生、发展，但却可以控制自己的心理状态。无论世界怎样改变，都以稳定的、确定的心态应对。对于一个自乱阵脚的业务员来说，亟待解决的不是如何争取这个新客户，而是如何调整自己的心态，勇敢地面对现实，接受现实，冷静下来，淡定地面对客户的犹豫不决。在这样的心态下，才有可能寻找到解决问题的办法。

有一个年轻的画家，从小就喜欢画画，并立志要在绘画上有所成就，让所有人都夸赞自己的画艺。他作画那么多年，也曾获得大大小小的奖，但他还是不能确定自己的画艺处在哪一种水平，不知道自己的画还有没有发展的空间。这一天，他将自己的画拿到外面的集市上，让人们把画中的缺点指出来。

晚上画家去看画的时候，发现他的画被人们涂得满满的，到处都是人们觉得不好的标注。画家十分沮丧，认为自己画了一幅最糟糕的画。他开始怀疑自己，并决定封笔，以后不再画画。

人们害怕不确定性就是害怕事情会向不确定的情况中不好的方向发展。年轻人将这幅画挂出去任他人评价，其潜意识是想依靠他人的肯定给自己面对整个绘画领域、面对整个世界的力量。他害怕他人的批评，这对他来说就是不确定的情况中最差的发展趋势。他越是害怕事情向这个方向发展，就越是期盼获得他人的肯定。但他人的评价是肯定还是否定并不是他可以决定、掌控和预料的，这种不确定性占据了他整个心灵。当他的画被众人否定的时候，他立即认同了别人对自己的评价，深受打击，再也没有面对自己、面对他人的勇气，所以放弃了美术事业。

画家的父亲听说后对他说：“实际上，你拿这幅画到集市上的时候已经在心中认定这是你自己最满意的一幅作品，不是吗？既然你已经有了信心和评价，为什么要轻易放弃呢？要想成为一个伟大的画家首先要有一颗稳定、坚定的心，有勇气去面对世人和外界的任何评价，对自己的能力、自己的画作有确切的认识。完全被他人的评价左右，失去了内心的判断力量，这样怎么能成为一个好画家呢？”后来，年轻人没有放弃绘画，他坚持自己的风格，继续作画，最终成了绘画界的一颗新星。

人知道未来会发生什么或者能掌控未来事情的结果时，往往很容易获得安全感和自信心。如果不知道未来要发生什么，也不能掌控未来的事情，人在心理上没有防护，就会被不确定性吞没，丧失对自己的信心，也容易失去面对世界的力量。实际上，这种稳定性、确定性带来的自信心和安全感不能依靠别人给予，自己的内心先稳定、自信了，面对世事变迁的时候便不会轻易被外物左右，也不会丧失面对现实的勇气和力量。因为那力量的源泉并非来自外界、他人，而是源自自己的内心。

有一天，你发现自己爱上了生活

有一天，你发现自己爱上了生活，并在每一个晚上期盼明天的太阳，你会明白，原来有些孤独也没有想象得那样可怕，你忽然觉得自己读懂了它：原来认真对待生活，孤独会以同样丰厚的热情回报你。

陈丽萍是一个事事认真的人，她在工作中严把质量关，是一个有心人。工作中的她过得快乐充实，找到了自我的价值和快乐，生活也变得丰富多彩。

作为红塔生产一部质检科质检组长的陈丽萍，在20多年的工作中，细心严谨，勤检勤查，把质量作为企业的生命线，坚决杜绝一切不合格品流入下道工序或流到市场中，为企业的质量控制工作做出了最大的努力。

2007年是陈丽萍在生产一部质检科工作的第7个年头，在此之前，她已经在生产一部卷烟机和包装机操作岗位上工作了18年，她可真算是一位能耐得住寂寞的人。枯燥的质量控制工作，她一干就干了这么多年，有辛酸，有泪水，但更有收获。

在机台操作岗位的十几年里，她没有出现过一次质量事故。工作20多年来，她曾连续多年被评为先进工作者，1997年荣获云南省烟草系统包装机操作能手称号，1998年她所在机组被授予企业“青年文明号”光荣称号。

在陈丽萍的工作历程中，让她的质量意识真正得到升华的还是从1988年2月开始在卷包机上担任操作工的10年。这期间，企业质量管理体系不断建立健全，企业职工质量意识教育不断深入，机台产量、质量与操作工工资奖金挂钩，企业的每一位职工无论从思想上还是行动上都受到了较大影响，陈丽萍越来越深刻地认识到质量对一个企业的重要性，她开始给自己制定工作原则和工作目标，不断提高对自己的要求，并细心总结工作经验，努力寻求一些提高产品质量的操作方法。在工作中她非常注重细节，把每一项乃至很细小的工作都做到位，落到实处。

陈丽萍每天上班都要比别人提前，到机台的第一件事就是对上一班的产品质量及设备运行情况进行查看，发现问题立即与相关人员联系，进行处理。在开机前，总是认认真真做好每一项设备的保养工作。在生产过程中，她勤检勤查成品质量，并督促机组人员时时注意质量观察。

陈丽萍对工作一丝不苟，尤其是在质量控制上显得较为突出。2001年，陈丽萍被提拔到质检工作岗位上工作。开始的时候，她不熟悉质检工作，心里的压力非常大，唯一的办法是尽快学习。她首先熟悉掌握质检工作的常规内容和方法，并学习别人的工作经验，其次，参考质检方面的理论书籍。

在工作上，陈丽萍是个有心人，很快，她就把在机台操作岗位上积累的质量把关经验融入了质检工作中。她做过操作工，知道质量问题容易出在哪些方面，所以她从源头开始，摸索出了另一套更行之有效的质量控制方法。陈丽萍严格按标准评定产品质量，力求不错判、误判，真正做到公平、公正、公开。如果在检验中发现不合格品，她一律退回。她总是如实填写和认真查看交班记录，预知质量问题较严重的机台，及时用加强巡回、坚守的办法着重检验。

陈丽萍除了履行质检员的职责，还做一些力所能及的服务工作。例如，帮助机台人员分析质量问题起因，寻找解决办法；帮助机台人员总结操作经验，更好地控制质量等。车间里有极少部分职工不看重小的质量问题，认为小问题不影响什么，所以，不愿停机检修，怕降低产量和增加消耗影响工资奖金收入。每当这个时候，陈丽萍总是耐心地晓之以理，并联合生产线领导对他们进行思想疏导。

经过企业多年对职工质量意识的培养和教育，特别是有像陈丽萍这样的质检组长的严格把关，如今，车间质检工作得到了各方面的配合。陈丽萍感到车间质检工作比过去好开展多了，她打算在业务方面进一步加强学习，特别要加强对工艺标准的学习，及时了解、掌握修订后的标准，领会其中要点，做到应用自如，争取工作成绩更上一层楼。

凡事最怕“认真”二字，做事情就是要从严谨、专注开始，认真的态度能改变一切。陈丽萍的人生因为有了“认真”二字，所以变得更加辉煌。其实人们面对很多时候的很多事，并不是不会做、没办法做或不能做得更好，而是不想认真做，不知道认真做。

离快乐越来越远

人类有多种欲望，食欲维持生存，性欲维持种族繁衍。人无欲则枉为人，有欲望才有追求，有欲望才有动力。欲望是一种产生动力的神奇心理，它往往能够改变人生的轨迹。欲望一旦产生就会激发人所有潜在的力量，因而常常能够产生奇迹。

然而，我们的欲望是永无止境的，当欲望产生时，再多得东西都无法填满，贪多的结果只会招来无穷的烦恼和麻烦。学会控制欲望，让自己从欲念的无底深渊中得到释放与自由，才是快乐的始发站。

据说上帝在创造蜈蚣时，并没有为它造脚，但是它仍可以爬得像蛇一样快。有一天，它看到羚羊、梅花鹿和其他有脚的动物都跑得比自己快，心里很不高兴，便嫉妒地说："哼！脚多，当然跑得快。"于是它向上帝祷告说："上帝啊，我希望拥有比其他动物更多的脚。"

上帝答应了蜈蚣的请求，他把好多好多的脚放在蜈蚣面前，任凭它自由取用。蜈蚣迫不及待地拿起这些脚，一只一只地往身体上安，从头一直安到尾，直到再也没有地方可安了，它才依依不舍地停止。

它心满意足地看着满是脚的躯体，心中暗暗窃喜："现在我可以像箭一样飞出去了！"但是等它开始要跑时，才发觉自己完全无法控制这些脚。这些脚各走各的，它必须全神贯注，才能使一大堆脚顺利地往前走，这样一来它反而比以前走得慢了。

一批又一批人前赴后继地把自己绑上欲望的战车，纵然气喘吁吁也不歇脚。不断膨胀的物欲、工作、责任、人际、金钱几乎占据了现代人全部的空间和时间，许多人每天忙着应付这些事情，几乎连吃饭、喝水、睡觉的时间都在想这些事情。

人不能没有欲望，没有欲望就没有前进的动力；但人也不能有贪欲，因为贪欲是无底洞，你永远也填不满它，贪欲只会给你带来无穷无尽的烦恼和麻烦。

一个樵夫上山去打柴，看见一个人在树下躺着乘凉，就忍不住问他：“你为什么不去打柴呢？”

那人不解地问：“为什么要去打柴？”

樵夫说：“打了柴好卖钱呀。”

“那么卖了钱又有什么用呢？”

“有了钱你就可以享受生活了。”樵夫满怀憧憬地说。

乘凉的人笑了：“那么你认为我现在在做什么？”

这个人没有把自己盲目地投入紧张的生活中，他过的是恬静的日子——躺在树下轻松自在地呼吸，并且对生命充满由衷的喜悦与感激。这种简单、干净的生活方式是多么令人向往啊，这是一种发自心灵的简单与悠闲。

在走进21世纪的时候，我们是否应该反思一下现代人的生活？所有人都莫名其妙地忙碌着，被包围在混乱的杂事、杂务尤其是杂念之中，一颗颗跳动的心被挤压成了有气无力的皮球，在坚硬的现实中疲软地滚动着。也许是因为在竞争的压力下我们丧失了内心的安全感，产生了担心无事可做的恐惧，所以才急着找事做来安慰自己。这样在不知不觉中，我们已经陷入了一种恶性循环，离真正的快乐，甚至真正的生活越来越远。

在20世纪末，人类对自然的征服可谓达到了顶峰，人们恨不得把地球上能开发的地方都开发出来以满足日益增长的消费需求。我们被工业、电子、传媒、科技、城市等人工风景紧紧地包围着。信息的汹涌和浩大正如大海的汹涌和浩大，我们每一个人都在这海里沉浮着，在一层层海浪的推移下荡来荡去。也许我们并没失去什么，却凭空地感到凄惶。现代人已经很难找到宁静和从容，很难找到自己内心的真实。

感谢你让我成为更好的人

每个人在一生中总会遇到各种各样的人，有的人抛弃你，有的人被你抛弃；有的人让你痛苦，有的人让你幸福；有的人让你的心变得柔软，有的人让你的心穿上一件盔甲。

喵喵和男友是大学4年的情侣，毕业后因为男友执意回老家当公务员而跟随他一起回到了那个亚热带的三线小城，其实喵喵在毕业校园招聘时已经签了一家外企。

当事业与爱情站在天平的两端时，喵喵毫不犹豫地撕掉了那份合同。

她说，两个人在一起不容易，总要有个人付出得更多，她愿意是那个多付出的人。那时大家都感叹，能有这样温柔懂事的女友，喵喵的男友上辈子一定做了太多善事，积了不少德。

小城的生活安逸而平淡，轻松自在，喝喝茶看看报，压力不大，竞争不激烈。半年之后，他们两家计划买房，第二年国庆结婚。

可是，美好的事情总是意外不断。

喵喵男友领导的女儿，在一次饭局与男友相识后，就开始了穷追不舍，不顾他已有女友的事实，甚至开诚布公地表示，想要在事业上有所作为，她的家庭可以帮他得到更多。

结果大家可能都猜到了，在面对事业和爱情的时候，男友选择了事业。

头顶上的那片天空忽然倒塌，喵喵伤心欲绝，整天以泪洗

面。有好几次她走在路上，都想着有辆车直接撞过来，让她解脱。

喵喵妈妈好似有心灵感应，怕她想不开做傻事，无时无刻不陪在她身边。

有天晚上，喵喵妈妈因为照顾外婆半夜才回来。临睡前去喵喵房间，却看到满手是血的喵喵，地板上有一个刀片。

因为发现及时，喵喵被抢救过来了，不过在医院休养了半年。这半年，喵喵说话没超过10次。

爸妈担心她在这个伤心之城又想不开，走上绝路。于是，安排喵喵去上海表姐那儿散心，后来她阴差阳错开始在表姐的外贸公司上班。

专业是法学的喵喵，对外贸一窍不通，几乎一切从零开始。

喵喵每天抱着砖头大的书啃，下班后买个面包就直接去图书馆看书到闭馆，早上5点多起床，跑个步，自己做早餐，然后学习1个小时再去公司。

这种状态喵喵坚持了整整1年。

在那些阴冷的冬日清晨，她看着整个城市慢慢苏醒，默默告诉自己一切都会越来越好。

亦舒说，为工作出力永远会获得报酬，为一个人费心思最划不来。

喵喵深以为然。

3年后，在前男友结婚生子过着一眼看到头的日子时，喵喵来了个华丽转身——她成功地拿到了法国精英院校巴黎高等商学院（HEC）双语MBA的offer。

在法国读书期间，喵喵用法语流利地和当地人聊法国政府所采取的一系列调整措施对改变法国经济颓势的有效程度；她知道如何用一条丝巾搭配出10多种不同的风格；闻一闻精油，她就清楚是保加利亚玫瑰还是葡萄籽原油添加过多。

毕业后，喵喵凭借流利的中法英3种语言及自信的面试表现，顺利进入全球顶尖化妆品公司的巴黎总部。

又一年春节，她带着出身贵族家庭的法国律师男友回家见父母。没过多久，在南法蔚蓝色的地中海小城，她身穿Vera Wang私人订制的婚纱与男友甜蜜相吻。

不过短短四五年的时间，谁也不曾想到，那个曾经为爱可以放弃自己生命的女孩，如今已然蜕变成了优雅干练有品位的地道巴黎女人，浑身上下都散发着一种令人着迷的魅力。

爱情让她遍体鳞伤，那些受伤的地方时刻提醒她要变得更坚强更好。

朋友问喵喵，如今是否还记恨那个前男友。

“我倒要感谢他的无情。不然，我只怕还是那个下厨房洗手做羹汤，为老公洗臭袜子，和婆婆斗气的俗女人。”

是的，有时候你要感激他们的无情，正是如此，才让你心中憋了一口气，想要拼命努力证明自己，证明没有对方的世界，你依然过得好，比对方活得更好。

印度有句谚语：无论你遇见谁，他都是对的人。无论发生什么事，那都是唯一会发生的事。不管事情始于哪个时刻，都是对的时刻。已经结束的，已经结束了。

感谢生命中遇到的人与事，不管好与坏，都让自己变得更好。

Chapter 9

生活不止眼前的苟且，还有诗与远方

张艺谋：“还为名利来做吗？或者想达到什么呢？我都‘五张’了，今天已经不为这些一般的目的在做了。实际就是喜欢，就是爱（电影）。”

你所谓的个性，不过是消费主义附庸

每当我们走在熙熙攘攘的人群当中，就会强烈感觉到自身的平凡与渺小。我们就像恒河之中的一粒沙，没有棱角，没有光亮。于是便有很多入努力在平凡的外衣上添加华丽的色彩，充分发挥有别于人的鲜明个性，以彰显自己的特殊性。

某知名跨国公司正在招聘计算机网络员，待遇丰厚。有一个正在某职校参加计算机技能培训的人很想应聘这家公司，但如果他被这家公司聘用了，就意味着要终止职校的培训，这意味着拿不到结业证，之前所有的培训就都白费了。他犹豫不决，为此闷闷不乐。他的父亲知道了这件事，就拿了两个刚买回来的大西瓜放在他的面前，让他抱起一个西瓜，然后再抱起另一个。他瞪大了眼睛，一筹莫展：刚抱起一个时已经非常重了，怎么能够同时抱起两个呢？他的父亲问他："你还能够抱起第二个西瓜吗？"他愣住了，他知道自己没有办法做到。父亲叹了口气，说："你不能把手上抱起的那个放下来再抱第二个吗？"他恍然大悟，是啊，放下一个，不就能抱起另外一个了吗！于是，他欣然前往那家公司应聘。

在生活中，许多人都像故事中的那个"他"一样，在多种欲望中挣扎并痛苦着。那么，为什么我们的心总是想同时获得那么多的东西？归根结底，是因为我们想成为一个与众不同的人。比如，我们想通过买到一座精致的别墅和一辆豪华的轿车来向人们展示我们的富有，我们想通过坐上总经理的位置来展示自己的工作能力，我们想通过社会附加在身上的各种名誉和头衔来表现自己的地位和声望。似乎只有通过这些看起来光鲜亮丽的外在形式，才能使我们自己富有个性，使我们和其他人区别开来。当然，更重要的是，我们和他人的区别在于我们自身的优越性。有趣的是，如果我们的脾气古怪一些，有几个怪癖好，或经常说些耸人听闻的话，发表一些惊世骇俗的评论，那么我们的金钱、地位和声望更有利于突出我们的这些个性。这就是大多数人对“个性”的理解。只要稍加注意，我们不难发现，这样的个性只不过是欲望的叠加而已，这样的个性只不过是穿上各种华丽外衣的欲望罢了。

而欲望产生的根源在于人们根深蒂固的“我”的观念，即在人们追求各种欲望的过程中，出现了“我”这个主观因素，由“我”去决定想或不想，你的这个“我”就是通过不同的个性整合而成的。这也是大多数人都认为欲望是自我放纵和自我表现的原因。你看到或者心里想到某个人或某个事物可以满足自己某方面的需求，于是就对它产生了占有的欲望，甚至必须得到它。无论你是想得到一个貌美的人，一所大的房子还是获得一个观念，你确定你要得到。这是为什么呢？为什么一定要“得到”呢？正是这种欲望带来了苦恼，带来了实现欲望的推动力和强烈愿望，以及必须获得和占有的愿望。每个人都有自己想得到的东西，得到之后还会需要更多的东西来填满内心的渴望，所以说欲壑难填。

当然，这并不是说要扼制欲望和不追求个性，因为一旦欲望没有实现或者被压抑，你将陷入冲突和更多的痛苦之中。欲望确实把“我”分为想要和不想要，但是对一个的回避和对另一个的追求仍是欲望。所以只要心中有爱的欲望，这个欲望是爱的发端，那么你就能够在欲望中得到快乐，而不仅仅是消费主义的附庸。

带着伤口，积极生活

我们承认人生苦难重重这一事实，鼓励人们直面痛苦，但并不意味着我们需要承受一切痛苦。痛苦可以分为消极的痛苦和积极的痛苦两种。积极的痛苦对人有所裨益，是人生必须承受的，而消极的痛苦则应该尽力摆脱。

那么如何定义积极的痛苦和消极的痛苦呢？举个简单的例子，孩子长大后，要离开父母开始自己的人生，这时父母会觉得很痛苦。朝夕相处了十几年，孩子突然离开，父母会感到寂寞、失落和难过。但我们必须承受这些痛苦，我们不能为了不承受这样的痛苦，就去阻碍孩子开始自己的人生，这就是“积极的痛苦”。人一生要承受许许多多这样的痛苦，心灵之痛和肉体之痛一样剧烈，有时甚至更加难以承受，但我们必须面对，因为我们正是在经历这些痛苦的过程中逐渐走向了成熟。

“消极的痛苦”就是我们为孩子离开家庭整日坐立不安，一会儿担心他出门会出车祸，一会儿担心他会被歹徒袭击，甚至还为没能照顾他的生活起居而自责。消极的痛苦不仅不能提升我们的生存状态，还将妨碍我们的生存，阻止我们心智成熟。

如何辨别消极的痛苦与积极的痛苦，面对心灵和人生的灾难，有一个简单的方法可以帮助你辨别并清理消极的痛苦，克服障碍。

首先，无论何时，当你感到了心灵的痛苦，就可以自问：“我的痛苦是积极的还是消极的？这一痛苦是帮助我成长还是限制了它？”也许，在刚开始的时候，你无法分辨且难以回答。但只要坚持下去，答案就会非常清楚。例如，你要到某地参加会议时，你就会为不知如何到达而心怀不安，于是这种不安便会促使你去看地图或向朋友打听。如果你不为此不安，也许就会迷路，从而错失一场有益于自身成长的讲座。所以，你需要一些不安才能好好活着。

然而，如果你这么想：“要是在去参加讲座的途中遇到堵车，怎么办？就算我到达了讲座的地方，但我找不到停车位，怎么办？很抱歉，去听这场讲座，超过了我能力所及。”这种不安不但不会为你的生活带来帮助，反而会带来限制，显然是一种消极的痛苦。

逃避痛苦是人类的天性，但就像欢迎一切痛苦是很愚蠢的一件事，逃避所有的痛苦同样也很愚蠢。我们在生命中所做的基本抉择之一，就是必须分辨积极的痛苦与消极的痛苦。

如果你确定正在经历的痛苦属于消极性的，并妨碍了你的正常生活，那么接下来就要自问：“如果没有这些痛苦，我应该怎样做呢？”

接着，按照你的假设去行动。

我们接着上面的情景讲下去。假如你已经按时到达讲座的地点，主讲者是一位心理学方面的著名教授。他的演讲深入浅出，精彩无比，让你受益匪浅。在演讲结束后的自由提问时间，你想提一些问题，一些你正亟须解决的问题，如果可以的话还想表达一些自己的观点——不管是公开说，还是在演讲后私下交流都行。但是，思考再三你还是决定不提问了，因为你太害羞了，你害怕被教授拒绝或担心别人认为自己问这样的问题像个傻瓜。

你终于问自己：“你这样顾前顾后，什么问题都不敢问，会有助于你的成长吗？你本应该提问，但害羞让你退缩了，害羞究竟是在帮助你，还是在限制你？”一旦这样自问，答案就一清二楚了，害羞限制了你的发展。接下来你问自己：“如果不这么害羞的话，你应该怎么做呢？”答案很清楚，即走向演讲人说出你要说的话。

所以接下来就按自己想的答案去表现，像你从不害羞那样去行动。

也许这样做会让你胆怯，但这正是勇气之所在。什么是勇气？勇气不是不害怕，而是虽然你感觉害怕，但仍能迎难而上；虽然你感觉痛苦，但仍能直接面对。当你这样做的时候，会发现战胜恐惧不仅能使你变得强大，还能让你向成熟迈进一大步。

真正的成熟不在于你是否西装革履、谈吐文雅，而在于你是否能分辨出该承受的痛苦，并积极地面对。积极的痛苦总是能启发我们的智慧，激发我们的勇气，把成熟视为一种责任，作为一个机会，勇敢地实现生活的目标。

不要急于证明自己

证明自己，并不是一朝一夕的事情，你不会根据一个人一时的表现而给他下定义，同样，别人也不会因为你一时的表现来评价你。在长久的相处中，你和周围的人会相互了解，这样在慢慢理解的过程中，每个人都有足够多的时间和机会来证明自己。在现实生活中，有些人常常会急于证明自己，结果往往适得其反。

意大利的一家精神病院因运送病人的司机玩忽职守误收了三个正常人。那三个人被关在精神病院里28天，其中两个人还差点变成真正的精神病。美国《探路者》杂志记者格雷·贝克特意为此事前往意大利，对那三位被关押者进行了一次专访。

要想从精神病院里走出来的唯一方法就是证明自己不是精神病。他们三个是怎样做到的呢？据格雷·贝克的报道，刚到那个精神病院的时候，他们真的是挺崩溃的，没想到这种事情会发生在自己的身上。他们中的两个人用尽了各种方法来向医务人员证明自己不是精神病，他们展示正常人的思维，他们向医生说明自己的出身、工作、家庭。但是，他们说得越多，医务人员就越发坚定他们就是精神病，任凭两个人怎么说，都没有用，就这样，两个人在恐怖中马上就崩溃了。

而第三个人却不同，他没做无谓的尝试，他没积极努力地去证明自己，而是像平常一样，该吃饭时吃饭，该睡觉时睡觉，该看书读报时就看书读报，医生让怎么做，他就听话地去做，当医务人员为他刮脸时，他还微笑着向他们致以谢意。医生就确定他的精神病有所好转了。

就在第28天的时候，医生确定他的精神病好了，可以出院了，而此时其他两个原本正常的人快成为精神病了。第三个人出院后，就马上报了警，向警察说明三个人的遭遇，于是警察深入调查，才把另外两个人解救了出来。

格雷·贝克在评论里发表了这样的感慨：一个正常人想证明自己正常，是非常困难的。也许只有不试图去证明的人，才称得上是一个正常人。

其实，事情就这么简单，最好的方法竟是不去证明，而是在沉默中爆发。故事中的那两个人知道自己不是精神病，但他们太急于证明，有些事情越想证明越证明不了什么。高情商的人往往知道什么时候沉默，什么时候爆发。

在生活中，那些通过各种途径想证明自己才华横溢、十分出色的人，还有那些用各种手段去证明自己富有、非凡的人，都极有可能被世人当作不折不扣的疯子，而那些低调的人往往才是高情商、真正有智慧的人。

在生活中有很多不安都是想证明自己不得而产生的。但证明自己真的有那么重要吗？证明了自己就真的能赢得别人的认同吗？这值得我们好好思考一番。

它依旧是20美元

人生不可能总是一帆风顺，有阳光的照耀就有风雨的侵袭。有的人在困难面前退缩，沉溺其中不能自拔；有的人却能在困难中奋起，在挫折中寻找生命的价值。

在一次讨论会上，一位著名的演说家没讲一句开场白，手里却高举着一张20美元的钞票。面对会议室里的200个人，他问："谁要这20美元？"一只只手举了起来。他接着说："我打算把这20美元送给你们中的一位，但在这之前，请准许我做一件事。"他说着将钞票揉成一团，然后问："谁还要？"仍有人举起手来。

他又说："那么，假如我这样做又会怎么样呢？"他把钞票扔到地上，又踏上一只脚，并且用脚碾它。而后他拾起钞票，钞票已变得又脏又皱。"现在谁还要？"还是有人举起手来。

"朋友们，你们已经上了一堂很有意义的课。无论我如何对待那张钞票，你们还是想要它，因为它并没贬值，它依旧是20美元。"

我们的生命就像一张钞票，可能被践踏、蹂躏，但是它永远不会贬值。在人生的道路上，无论遇到什么事情，都不要自我贬低，认为自己的生命没了价值。因为，人人生而平等，它不会因一个人的衣着、地位、金钱的多少而有所不同。

生命的价值取决于我们自身，除了自己，没人能让我们贬值。很多人在生命中会遇到低谷，遇到失意的时候，但苦难并不能让生命贬值；相反，它更是财富。高普说："并非每一次不幸都是灾难，早年的逆境通常是一种幸运，与困难做斗争不仅磨炼了我们的意志，还为日后更为激烈的竞争准备了丰富的经验。"

1944年4月7日，施罗德出生在德国北威州德特莫尔德市莫森贝格镇的一个贫民家庭，他出生后第3天，父亲就战死在罗马尼亚。母亲当清洁工，带着他们姐弟二人，一家三口相依为命。

生活的艰难使母亲欠下许多债。一天，债主逼上门来，母亲抱头痛哭。年幼的施罗德拍着母亲的肩膀安慰她说："别伤心，妈妈，总有一天我会开着奔驰车来接你的！"40年后，母亲终于等到了这一天。施罗德担任了下萨克森州州长，开着奔驰车把母亲接到一家大饭店，为老人家庆祝80岁生日。

1950年，施罗德上学了。因交不起学费，初中毕业后他就到一家零售店当了学徒。贫穷带来的被轻视，使他立志要改变自己的人生："我一定要从这里走出去。"他想学习，他在寻找机会。1962年，他辞去了店员之职，到一家夜校学习。他一边学习，一边到建筑工地当清洁工。这样不仅收入有所增加，还圆了他的上学梦。

1966年，4年夜校结业后，他进入了哥廷根大学夜校学习法律，圆了上大学的梦。毕业之后，他当了律师。32岁时，他当上了汉诺威霍尔律师事务所的合伙人。回顾自己的经历，他说，每个人都要通过自己的勤奋努力，而不是通过父母的金钱来使自己接受教育，这对个人的成长至关重要。

通过对法律的研究，施罗德对政治产生了兴趣。他积极参加政党的集会，最终加入了社会民主党。此后，他逐渐崭露头角、步步高升。1969年，他担任哥廷根地区的主席，1971年得到政界的肯定，1980年当选议员。1990年他当选为下萨克森州州长，并于1994年、1998年两次连任。政坛得志没有使他放弃做联邦政治家的雄心。1998年10月，他走进了联邦德国总理府。

是的，就像施罗德这样，即使再困苦，他的生命也不卑微，也没有贬值。在我们的生活中，或许常常有人会因自己角色的卑微而否定自己的智慧，因自己地位的低下而放弃自己的梦想，有时甚至因被人歧视而消沉，因不被人赏识而苦恼。这个时候，我们就应该大声对自己说："我生命的火焰永远不会熄灭，总有一天，它会照亮大地与天空。"

钱变成负担，就失去了追求的意义

人生是一趟没有返程票的旅行，只有摆脱金钱的累赘和捆绑，才能让人生变得轻松自如，才能领略到旅途中的风景，品尝到人生的快乐。

然而，在现实生活中，我们看到，许多人在赚钱之初，并没有想过，这一生赚钱的目的何在？是自己消费，抑或留给后代，或是贡献于慈善事业，造福于社会。若去问他们，大多数人的回答一般都是"不知道"。他们在社会一致认同"赚钱很重要"的情况下，开始了一生忙忙碌碌、早出晚归、拼命赚钱的生活。这样赚钱纯粹成了人生的一种负担。

镇里的老街上有一个铁匠铺，铺里住的是一个老铁匠。他已经80多岁了，身体却还是很强健，他过去给人打斧头、打铁犁，不过近几年他主要以打拴宠物狗的链子为生。他的经营方式非常古老和传统，人坐在门内，货物摆在门外，不吆喝，不还价，晚上也不收摊。你无论什么时候从这儿经过，都会看到他在竹椅上躺着，眼睛微闭着，手里拿着一只半导体小收音机，身旁是一把紫砂壶。他每天的收入，正好够他喝茶和吃饭的。他觉得自己老了，已经不再需要多余的东西，因此非常满足。

一天，一个文物商人从老街上经过，偶然看到老铁匠身旁的那把紫砂壶古朴雅致，紫黑如墨，有清代制壶名家戴振公的风格。他走过去，顺手端起那把壶，发现壶嘴处有戴振公的印章。商人惊喜不已，因为戴振公在世界上有捏泥成金的美名。据说他的作品现在仅存三件，一件在美国纽约州州立博物馆，一件在台北故宫博物院，还有一件在泰国一位华侨手里。

商人想以15万元的价格买下那把壶。当他说出这个数字时，老铁匠先是一惊，后又拒绝了，因为这把壶是他爷爷留下来的，他们祖孙三代打铁时都喝这把壶里的水，他们的汗也都来自这把壶。

壶虽没卖，但商人走后，老铁匠有生以来第一次失眠了。这把壶他用了近60年，并且一直以为是把普普通通的壶，现在竟有人要以15万元的价钱买下它，他转不过神来。

过去他躺在椅子上喝水，都是闭着眼睛把壶放在小桌上，现在他总要坐起来再看一眼，这让他非常不舒服。特别让他不能容忍的是，当人们知道他有一把价值连城的茶壶后，都蜂拥而来，有的问他还有没有其他的宝贝，有的甚至开始向他借钱。他的生活被彻底打乱了，他不知该怎样处置这把壶。

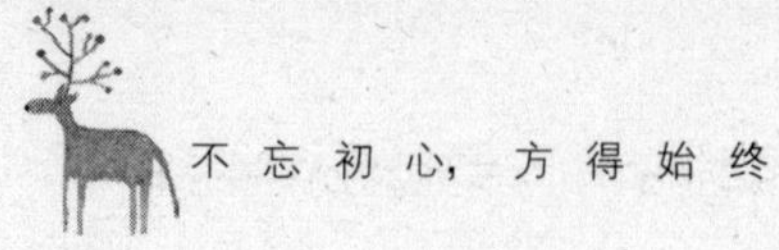

当那位商人带着20万元现金，第二次登门的时候，老铁匠再也坐不住了。他请来左右店铺的人和前后邻居，当着众人的面把那把壶砸了个粉碎。

财富是过眼烟云，金钱是身外之物，这的确有一定的道理。除了金钱，人的一生还有许多值得去追求的事物。如果一个人把赚钱当作生命的全部，便容易被金钱俘虏。如此，痴迷于金钱的人，充其量不过是一个直立着装钱的袋子罢了。

喜欢炫耀的人没有成熟的价值观

微博是一个好东西，很多人通过它分享自己生活中的所见所闻和心得体验，不仅增进了与朋友们之间的感情，还能结交很多志同道合的新朋友。但也有一些人把微博当作炫耀自己的工具，例如今天去一个高档餐厅消费了，下个月要去欧洲十国旅游，晒老公送的大钻戒，公布自己雅思托福的高分，从炫富到炫美、甚至到炫幸福，各种炫耀手段层出不穷，只有想不到，没有炫不到。

虽然，他们的炫耀行为并不能得到大家的认同，甚至还会遭到鄙视，可是他们依然乐此不疲，丝毫不介意他人的眼光，将炫耀进行到底。分析其中的深层原因，还是他们的心智不成熟，没有建立符合他们年龄的成熟的价值观。

我们都知道，幼儿园的孩子最喜欢与其他小朋友比较，谁的衣服比较漂亮，谁今天又得到了老师表扬，等等，孩子们需要用这些在大人看来微不足道的事情，建立心理优势，构成对自我的认识。虽然大人看着孩子们的这些举动，觉得很搞笑，可是细想起来，也比较符合他们那个年龄阶段，合情合理。可是如果这个人在未来的十几年甚至二十几年中，心理年龄依然维持在幼儿水平，那么他的性格中就很容易出现炫耀这个标签，这是他的心理年龄过小，导致他的自我认识有缺陷，所以他想借助炫耀这个道具，不断证明自己，表现自己，支撑自己的心理结构。可以说，炫耀已经成为他心理结构中无法舍弃的一部分。

如果是一个有成熟价值观的人，他很少会用炫耀来证明自己，因为他对自己有清晰、准确的定位，他心理结构中的那个自我非常完备，在他看来，炫耀不能构成自我的一部分，反倒是滑稽、浪费时间的举动，他的时间更多是用在实现个人理想与目标上。

而且，性格中有炫耀成分的人，因为思想以及价值观不成熟，内心也会十分脆弱。

乔丽在朋友圈中，是出了名的喜欢炫耀的人，从手上戴的一块表，到新买的一件衣服，乔丽总要在朋友面前炫耀一下，以此证明她是个有成就的人。可是乔丽在工作方面一直表现得不太出色，所以她尽量让朋友们不去注意她工作的事情。而且，她为了和周围条件更好的女孩子攀比，总是进行一些超过能力范围的消费。

有一次，乔丽在办公室里炫耀她新买的衣服时，经理大声把她叫到办公室里，原来经理把乔丽刚才的一举一动都看在眼里。

“你这个月只完成了计划的五分之一，工作都没有做好，公司考虑将你停薪留职，你自己好好回家反省一下吧。”

乔丽刚才的骄傲一扫而光，取而代之的是一脸泪水。此后，有将近两个月的时间，乔丽都没有参加任何朋友的聚会，她把自己锁在屋子里，暗自伤心。

像乔丽这样的人势必会做出一些幼稚可笑的举动，支撑她这么做的，无非就是她工作成绩上的不尽如人意，她自己深深明白这件事，可是却不敢诚实面对，只得用转移的方法——炫耀，来获得心理上的满足感，用这种方法的人永远是在玩一些小伎俩，个人成长方面丝毫不会得到长进。

有成熟价值观的人，不会像乔丽这样，他们专注于自我成长，胜过虚无的炫耀。虚荣心强的人对自己真正想要什么并没有确切的概念，他们在乎的是别人的眼光。这种人心灵空虚，无法把握住真正的自我。一个有着成熟价值观的人不会热衷于炫耀美貌、金钱和权力，而是注重充实自己的内心。这样人们才能与生活建立一种牢固的关系，而不是飘浮在生活的表层，无法深入下去。

渴望成为别人

世界上每个人的性格都不同，所以每个人会经历的人生道路也是千差万别。即便面对的是同样的境遇，不同的选择，也会让最后的结果截然不同。人生在世，最重要的事情其实是活出自我，选择适合自己的道路，在这条道路上做出成绩。

在现代社会到处都充斥着这种情形。人们不再愿意费心思去思考自己独特的道路，而是盲目地复制别人的成功。20世纪90年代初期，做生意能够赚钱，于是人们一拥而上去经商，结果十之八九赔得倾家荡产；网络小说兴起后，又有数千万的年轻人开始在网络上编织自己的文学梦，但大部分人几百万字的稿费还抵不上1个月的生活费。

成功是不可复制的，任何人都不可能让自己成为另一个人。一味地模仿别人，只能让自己迷失，最后失去真正的自我。邯郸学步的故事我们从小就耳熟能详，当时我们嘲笑学步的人愚昧无知，长大后却在不知不觉中也成了那样的人。

生活中的很多人，他们只看到别人的优点，羡慕别人拥有的，却看不到自己身上的闪光点。小时候父母不断地强调：看看吧，别人家孩子有多好。长大后，他们自己又在羡慕：看别人的工作有多好，别人的男朋友/女朋友有多好，别人的家人有多好，别人家的孩子有多好……这样一代代地循环下去，永远都活在对自己生活的不满中，活在对别人的嫉妒中，活在自己的牢骚抱怨中。

实际上，如人饮水，冷暖自知。一个人过得好不好，只有自己明白，在别人看来有光鲜亮丽生活的人，内心中也许是一片凄凉。人们站在远远的地方看到了别人的成功，就向往成为那样的人，向往过上那样的生活。于是人们开始向那个方面靠拢，开始放弃自己，把自己打造成跟别人一样的人。即便获得了成功，这成功也是借助着他人的名声得来的，是缺乏创新和自主能力的。

更可怕的是，当我们费尽心力把自己打造成了跟别人一样的人，才发现自己根本没有能力驾驭这种身份，不能在这种情况下生活下去。

森林中的老鼠对自己很不满，认为做老鼠既辛苦又缺乏尊严，于是它去找上帝，希望上帝把它变成狮子。因为狮子是百兽之王，威风凛凛，还能吃到美味的食物。上帝想了想同意了。第二天，小老鼠发现自己真的变成了狮子，欣喜若狂。急忙跑到丛林中去展示自己的力量，可是它不会捕食，只能饿着肚子，像鬣狗一样捡拾其他动物剩下的腐肉吃。在做老鼠的时候这种事再寻常不过了，可现在它是一头狮子，因而遭到了所有动物的嘲笑。

直到有一天，饿得有气无力的狮子遇到了猎人，死在了枪口下。

渴望像别人那样生活是积极向上的态度，可一味渴望成为别人，最终就只能迷失自我。一颗连自我都坚持不了的心，更无法承受生命中必然出现的其他打击。因此，选择人生道路时，一定要遵从自己的内心，坚守自己的原则。时时刻刻提醒自己，一味地模仿别人，只会像邯郸学步者那样，彻底忘了怎样走路。

社会价值就是一种心理食物链

在鲁迅先生的名篇《孔乙己》中，我们会见到这样一种形象：孔乙己在与外人谈话的时候，总不忘记介绍自己的读书人身份，他没有钱，没有地位，却时刻穿着长衫。他认为穿长衫是读书人的象征，一直到最后都不愿意脱下。孔乙己的这一思想，其实就是服从社会价值的体现。

在孔乙己的社会，读书人是受人敬重的身份，所以，不管是他在酒馆教人写"茴香豆"的"茴"字，还是他满嘴的"之乎者也"，都是在向他所在的社会透露一个信息：我是一个读书人，是一个有身份有价值的人。

事实上，孔乙己是想通过这种社会认同来增加自我认同。这种社会架构进驻到人们的心理结构，让人成为社会的一个傀儡，同时也受到了这个价值排序的束缚。

我们在读书时，被要求满腹经纶；找对象时，被要求貌美如花；嫁人时，被要求贤良淑德；带小孩时，被要求贤妻良母。这种不断被要求，其实就是一种社会价值的束缚。我们常常会让自己的生活模式和成长方式与社会价值相符，这样自然能够得到社会的认可。而那些敢于打破常规、去创新生活的人，常常会受到旁人的质疑。

陆风考大学的时候，按照家人的要求考取了师范学院。身边的人都认为，教师是最稳定的职业，一个女孩子理应往这条路上发展。出去求学的陆风在大城市中看到了一个新的世界，她喜欢新闻，喜欢写作。大学毕业后，她进了一家报社当出镜记者。

家人知道这件事情后，坚决反对陆风的决定。他们苦口婆心地对陆风说教，描绘一个教师的美好未来，以及教师的社会价值。但是陆风想坚持自己的理想，不愿意妥协。家人强制给陆风找了一个学校任教的机会，陆风拒绝任教。

陆风与家人的矛盾，其实就是社会价值和个人价值的矛盾。家人认为出镜记者不稳定，这其实是一种社会认可。屈从于社会价值排序的人，在心理上就会屈从于社会意识，将自己的意识定位于社会意识之下。所以，陆风说："或许人们觉得经过社会认可的就是正确的，但是我想打破这种社会价值秩序，活出真正的自己。"

有人说："因为别人都那么做了，所以你也应该那么做。"听上去挺有道理。其实这种态度只是在表明："对于自己的人生，我遵从社会价值秩序。"别人做过的事情，我们觉得正确也跟着去做，我们只是人云亦云的鹦鹉而已。要变得心理强大，就要学会打破这种束缚自我的社会价值秩序，让心灵从它的桎梏中解放出来。这样，我们才能找到最真实的自我。

懂得生存的轻重

捷克作家米兰·昆德拉提到了生存之轻和生存之重的问题。他在《生命不能承受之轻》中写道：

“可是沉重便是真的悲惨，而轻松便是真的辉煌吗？

“最沉重的负担压得我们崩塌了，沉没了，将我们钉在地上……也许最沉重的负担同时也是一种生活最为充实的象征。负担越重，我们的生活也就越贴近大地，越贴近真切和实在。

“相反没有负担，人变得比大气还轻，会高高地飞起，离别大地亦是离别真实的生活。它将变得似真非真，运动自由而毫无意义。”

生存之重，指的是生活的负担和人生追求，理想、使命等使人感到踏实、充实，感到压力沉重。人主动追求生存的意义，努力实现自我的价值。勇敢地面对生活的挑战，负责地承担起自己应尽的义务，这样一种生活生存方式无疑会给人带来压力，会让人感觉到生活得很沉重、很累、身心疲惫，甚至不堪重负，怀疑这种生存方式的意义和价值。

生存之轻，指的是生活的享乐、随意的心灵，安宁使人感到轻松、散漫自在、空虚无聊。人主动躲避生存的压力，放弃生活的使命，看破红尘，游戏人间，只求活得清闲，甚至麻痹头脑，一味追求感官享乐，同样这种生活也会带给人压力和烦恼。米兰昆德拉在《生命不能承受之轻》中写道：

“就如同有些事情成为我们巨大的包袱，我们或是承受这个负担，或是被它压倒。我们的奋斗可能胜利也可能失败，可是萨宾娜呢，感到了什么，什么也没有——她的人生是轻盈的，不是沉重的，大量降临于她的，并非重负，而是生命不可承受之轻。”

享乐不是真正的人生。单纯肉体上的享乐会把我们的生命引向一个狭小天地。

缪塞在《一个世纪儿的忏悔》里描写了一群青年追求感官刺激，醉生梦死。作者质问道：“如果衣服下面掩盖的是肉体，那么肉体底下掩盖的便是骷髅了——难道人生的真谛全在这里了？这可能吗？的确，如果我们单纯地追求享乐或欲望的生活，等于自动关上了我们的人生之门。

人越是舍弃他动物的我，他的生命就越自由。对别人越显得重要，对自己来说，也越是充满欢乐。舍弃了一味追求享乐的轻飘飘的生活，我们就能够开始一种真正充实快乐的生活。

古希腊神话中有两位女神：一个叫美德女神，一个叫享受女神。宙斯之子赫拉克勒斯小的时候碰见了她们。

美德女神对他说：“孩子，跟我走吧！我将教会你如何勇往直前，而你也必将在战胜艰险的过程中变得坚强无比！”美德女神描述的通往美德的路：“遥远艰难，压力极大，危险丛生——你要经过努力和辛苦，必须耕种，学会战斗的技术，工作和流汗……”

而享受女神对他说：“孩子，跟我走吧！你将有享不完的荣华富贵！你要什么，我一定满足你什么！”享受女神描述通往享受的道路：“没有你尝不到的欢乐，没有你避免不了的不幸，不参加任何战争和艰难，你将不用心思，只享受丰盛的饮食和美酒，极耳目视听之乐，极身体和肉感的满足……”

“可怜的生物哟，”美德女神插话道，“你怎么能这样呢？你不知道真实的快乐，因为你还没有走到它们面前就心满意足了。你在饥饿之前饱食，在焦渴之前痛饮，你将在年老之时痛苦。”美德女神发出了呼唤：“选择这种生命，是沉甸甸的生命……”

享受女神提供的是一种轻松生存，不用心思，极尽感官享受的生活。这种生存方式很可能使得人心灵麻木、精神空虚，退化成生物。美德女神提供的是一种如何才能得到真正快乐的办法，那就是不经历饥渴难以体味饮食之乐，不经历苦难难以体验真正的轻松，不经历痛苦难以体会到真正的快乐。最后，赫拉克勒斯毅然跟定了美德女神。后来，他成了一个古希腊神话之中著名的英雄。

命运是一种选择，而且这种选择会贯穿我们人生的始终，它决定了我们生存的质量——是过一种轻飘飘的空虚的生活，还是一种沉甸甸充实的生活。

亲近自然

宁愿桌子上有玫瑰，不愿颈上缀钻石。

一对年轻夫妇在繁闹的都市居住。时间一长，觉得生活就像一部运转的机器，虽然总是在忙忙碌碌地转着，但太千篇一律了，即使是那些花样繁多的休闲娱乐项目，也像麦当劳、肯德基等那些快餐一样，只能满足一时的胃口，过后很少会有余香留下，于是他们决定去乡下放松放松。他们开车南行，到了一处幽静的丘陵地带，看见小山旁有个木屋，木屋前坐了一个独居的隐士。那个年轻的丈夫就问隐士："你住在这样人烟稀少的地方，不觉得孤单吗？"

隐士说："你说孤单？不！绝不孤单！我凝望那边的青山时，青山给我一股力量。我凝望山谷，发现每一片叶子都包藏着生命的秘密。我望着蓝色的天，看见云彩变幻成永恒的城堡。我听到溪水潺潺，好像向我的心灵细诉。我的狗把头靠在我的膝上，从它的眼中我看到了忠诚和信任。我休憩的时候，虫鸣鸟啼，为我演奏悦耳的音乐。我读书的时候，花香叶翠，抚平我浮躁的心境；屋后的菜园里种着我最喜欢吃的菜，丰收的时节，我还能和松鼠一起摘到最新鲜的水果……这么多同伴，孤独从何而来？"

大自然具有无穷无尽的美，大自然也是人类的知心朋友，在你内心空虚时，只要你走进自然，感受它优美的风景，你的心很快就会愉快起来，并获得无限的美的享受。

人本是自然之子，但在社会进程中人一方面得以升华，以文化区别于动物，但同时也在被社会异化，表现出了许多非自然的属性，尤其是在商业社会中，这种异化尤为明显。

一位探险家曾经写道：

有个夏日的午后，我和妻子到一个森林里，优哉游哉地度过了一段愉快的时光。我们在风景优美的摩哼谷湖边的山上的一座小木屋里休息，那座小木屋坐落在美国最美的自然公园里，而且是位于人迹罕至的半山腰上，四周非常宁静，除了大自然的声音，再也没有别的噪音了。这个自然公园的面积足有7500英亩，中央有一潭宽阔深邃的湖水，像一块蓝宝石横躺在森林中央，摩哼谷的原意是"空中之湖"。穿过密密麻麻的树木，就会走到一个雄大的山林凸出之处。几万年以前，地球表壳发生过一次大震动，那时，地心抛出了这些断崖。沿着丘陵之间，有一道大溪

谷，那种雄壮豪迈的气势，美得令人不敢逼视。这森林、山峰及溪谷，充满着一股宁谧祥和的氛围，确实是个陶冶身心的好地方，更是逃避混乱世界的最佳处所。

我们去郊游的这个下午，炙热的阳光普照着大地，金黄色的光芒自叶缝间泻下来，有如万丈金丝。然而，正当我们其乐融融之际，突然下了一阵雨，雨势有如万马奔腾，顷刻之间，我们全淋得跟落汤鸡一样，如果是别人，或许会觉得有些扫兴、生气，可是，我们毫不介意。森林里的雨水是很干净的，而且那雨点打在脸上，别有一番凉快新鲜的滋味！

我们就这么愉快地在森林里走着、说着，渐渐地，我们沉默下来，因为有更多美好的声音吸引了我们。

我们静听着宁静森林里的声音，这句话或许有些矛盾，事实却是如此。刚踏入森林里时，我们不免震慑于那份寂静，可是，渐渐地，便又发现森林里并非绝对静寂，反而热闹非凡，其中暗藏着许多活动，那份忙碌绝对不亚于人类社会的忙碌。不过，大自然里的活动虽然众多，却绝不致发出高频率的噪音来，那是吹过树梢的微风之歌、小鸟的甜美歌喉和整片森林“居民”的大合唱。

就是在今天，无论是浓密的森林里、广阔的平原中，或美丽的溪谷、高峻的山岳，以及海浪细啮柔软沙滩的海边……任何地方都还有这种大自然给人的安详。我们应该多多利用这种大自然的治疗法，因为整个自然世界所发出的声音是平静且调和的，悦耳得有如夏夜轻轻流过耳畔的一首美妙的乐曲……

这个美好的下午，大自然将一只叫作“宁静”的手，轻轻覆在我们头上，医治了我们的心病，我们确实感觉到，心里的紧张逐渐消退了，取而代之的是一份祥和，和对整个自然界生命力的喜悦。

月明风清时，人立月下美。

Chapter 10

最终，
你会被世界温柔以待

彭沙尔：“爱别人，也被别人爱，这就是一切，这就是宇宙的法则。为了爱，我们才存在。有爱慰藉的人，无惧于任何事物，任何人。”

Shelby Swink的故事

有一个美国女孩儿Shelby Swink在结婚前5天被未婚夫放鸽子的消息。

在这个碎片化的网络时代，手机里最不缺的便是这种煽情的故事。尽管与自己没有任何关系，我还是点进去津津有味地看起来。看到最后，我竟然喜欢上了这个故事，以及故事中这个胖胖的女孩儿Shelby Swink。

23岁的Shelby Swink倾注全部精力爱着男友，满心期待能与男友走进婚姻殿堂，却丝毫看不到男友眼里逐渐冷下去的热情。她终日沉浸在自我制造的幸福假象中，忙着发请帖，布置婚礼现场，甚至为了举办一场完美的婚礼，牺牲无数个夜晚的睡眠。她说："我将心力与灵魂投注在这场婚礼中，因为我要这庆祝我们爱情与承诺的一天，完美无瑕。"

然而，在举办婚礼的5天前，男友突然坦言早已不再爱她，毅然决然取消了婚礼。Shelby Swink自然是万分悲伤，觉得整个生命被抽空，只剩下一具没有灵魂的躯壳。

爱一个并不爱自己的人，就等于失去了身心的自由，双脚像是被系上一根无形的绳索，将自己牢牢牵绊住，而绳头握在别人手中，任人操纵。但是，痴心爱着的人，却乐得如此，恨不能被牵绊一辈子。如若有一天，对方丢掉了这根绳索，还给他自由，他非但没有解脱之感，倒觉得被全世界抛弃了。

Shelby Swink便是这样。她蜷缩在角落里哭泣，悲伤，质疑爱情，也质疑自己。同时，她取消订好的酒店，打电话通知宾客婚礼不能如期举行。从云端失重摔到坚硬的地上，打破了她正做着的一切美梦。

对Shelby Swink而言，被未婚夫放鸽子的这段日子，是最灰暗阴沉的日子。没有温暖，没有光亮，有的只是锥心的疼痛、冰冷的眼泪，以及对这个世界的失望。但天空还未坍塌，暴风雨终会过去，这段被悲伤填满的时光，终会被生活的大浪冲刷而去。

婚期一日日临近，Shelby Swink仍被痛楚裹得严严实实，随时有窒息之感。在摄影师的鼓励和建议下，她决定穿着婚纱，与伴娘、父母一起拍摄一组以“毁灭婚纱”为主题的照片。

Shelby Swink和伴娘用羽毛蘸着五彩涂料在彼此身上胡乱抛洒，肆意涂抹，摄影师则在旁侧抓拍、记录。短短的时间，Shelby Swink的脸上与身上便沾满了颜料，五彩缤纷。那个瞬间，她脸上终于绽放出了不含任何杂质的笑容。Shelby Swink说道：“当第一笔颜料沾到我的那一刻，我自由了。”

能够失去的爱情，并非真爱；能够说走就走的人，并非对的人。唯有给自己松绑，才能走过这段曲折的路途，穿过幽深的深林，抵达真正想要去的地方。

如果不是未婚夫临阵脱逃，Shelby Swink永远不会重新获得那颗自由的灵魂，也不会拍摄出令世界都震惊的毁灭婚纱照，更不会知道没有人可以剥夺自己的快乐。

在她拨开眼前的层层迷雾，看清周围的美景后，这段掺杂着苦涩滋味的时光，恰好转变成了她生命中最具有纪念意义的时光。

时光是好是坏，其实都由自己而定。日子中无法避免柴米油盐，但在这之外，还应该有诗意存在。岁月在我们身上烙下印记，但我们可以把走过的路程，经历的事迹，沉淀成自己生命中独一无二的质地纹理。等到那时，我们的目光非但不会随着时光黯淡下去，反而会因岁月的洗礼，变得更加纯净，面目也会因此更加柔和温善。愿我们饱经风霜之后，还有一颗晶莹剔透的灵魂；愿我们历经风云之后，对这个荒芜的世界还抱有信心。

享受每一段所谓好坏的时光，把琐碎而坚硬的生活，过成自己梦想中的样子。或许这并不是一件容易的事情，但每天都保持一颗明朗的心，乐于探索这个世界，孜孜不倦追求美好的生活状态，到最后我们终会发现，我们想要的就是我们正在走着的路。

一封咖啡店的邮件

在费雯丽主演的《欲望号街车》里，一个女人因为一段风流韵事被解除了教师职务，逃到了唯一的妹妹家里居住，并和妹夫的朋友相爱了。

妹夫厌恶她，认为她不值得信任，会给妻子和朋友造成不好的影响，于是揭穿了她的谎言，令她失去了爱人。在一次酒后，妹夫发现她居然还准备“同以前的男友私奔”，疯狂之下强奸了她。她被送进精神病院，哀求医生不要捆绑自己，医生同意了。剧本里这样写道：“他（医生）温和地拉她起来，用胳膊扶着她，领她穿过帘子。布兰奇（紧紧抓住他的胳膊）：不管你是谁，我总仰仗陌生人的善意。”

这句话在美国红了30年。在中国，却提倡“不要和陌生人说话”的教育。我们今天看到的常态，是一边抱怨人性冷漠，一边又指责他人麻木不仁。但另一方面，我们又习惯只对不熟的人袒露心里话，却对日日相见的人保持距离。

在大多数时候，熟人之间的情感是需要互为支撑的，互相鼓励，互相关心，互相在乎，这也是维持长久关系的保证，没有人可以在一段健康的关系里只获取而不付出。但在陌生人的关系里，你不需要维持这样一对一的赠予和回馈，即使有，也只是为数不多的一次、两次。

你不需要长久地因为关心和鼓励一个人而成为他/她的倚仗。在你特别需要慰藉的那一刻，你可能还处在熟人的倚仗角色里，你迫切地需要另一个人暂时让你依靠以供喘息。那时候，陌生人无论给你多少，你都会觉得恩重如山——而且，你并不需要偿还。

有一次，日本茨城县发生5.6级地震，一个震区的姑娘因为没对象没朋友，身边没有人慰问她，倒是她在名古屋旅游时去过的一家执事咖啡店，给她发来了一封邮件，翻译过来大概是这样的。

方才，我等在新闻中得知××地发生强震。梨沙小姐，贵体可仍安好？不知府上及御用各处，是否受到影响？委员会全体成员、名古屋临时宅邸的仆从们，都感到十分担心。（若无恙无须回函。）

我等知晓，即便地震过去，小姐心神也难免有些许动摇，今后若无反复则是万幸，但还望小姐量及万一，谨防余震。我等遥在名古屋之一隅，祈念梨沙小姐万安。若有御示，切望吩咐，定效犬马之劳。

可能大部分人都收到过这样的商家邮件，就如过年时候那些格式一致的拜年短信（微信），倘若加上了你个人的称谓，就显得多了几分用心。

陌生人的善意之所以难得，是在于你只有特别需要的时候才会注意到并且为之感动。每当想到过去有这么多的善意曾被自己忽略，就值得你收起一万遍自怨自艾。

有人说，这个世界上没有人有义务对你好，除了你爸妈。是的，正是因为这样，在你面临人生考验的时候，有跟你并无关系的人哪怕给你一点温暖，都是相当难得的。但这个世界怎么这么好呢，总有陌生人付出善意，无论是否顺手顺路。他们对于你生活的意义，也许就是一种无形的鼓励，不仅能驱逐阴霾，还能帮助你成为正直善良的人。

梦境放大了我们的恐惧，但醒来也只能一直往前走，谁都不能回到过去，在温暖的港湾里，永远不用面对苦难。遥远的温柔解不了近愁，是那些身边的陌生善意，支撑我们走过了许多无助的瞬间，给我们狼狈下的感动，促使我们变成了更好的人。

从一颗心抵达另一颗心

他是一个主治医生，在他把一个老者高昂的医药费全部记到自己账上时，他想起了30年前那个有些阴沉的午后。

那时他不过是一个8岁的孩子，因偷了几瓶止痛液而被药店的老板娘逮个正着，周遭皆是看热闹的人。他低着头，不解释，任凭指责与拳头落在自己身上。恰在此时，对面一家面店的老板穿过水泄不通的人群，走到他面前，轻声问他："是因为你妈妈生病了吗？"

他缓缓抬起头，清澈的眼里闪烁着水晶般的泪意，看了一眼周遭的人群与凶恶的老板娘，害怕而郑重地点了点头。面店老板笑了笑，便替他付钱买下止痛液，并嘱托女儿装一包蔬菜汤，递到他手上。

阴沉的天气，渐渐放晴，就像心中的雾霾，渐渐消散一样。

最远的距离，是从一颗心抵达另一颗心。

抵达途中，最佳捷径莫过于给予与沟通。

他拿过面店老板递过来的东西，不发一言地跑掉。自此之后，他们没有任何联系。

面店老板一如往常那般乐善好施，只要见到游民走到店前，便吩咐女儿给他们包上一包食物。

30年后的一天，年迈的老板突然病倒。女儿看到账单上高昂的医疗费，手足无措，与主治医生商量可否将手术缓一缓。

医生看着她哭花的脸，30年前的一幕幕场景犹如胶片显影般清晰地浮现在他心中。她听从父亲的嘱托，包好一份新鲜的蔬菜汤，并从钱柜里拿出足够付止痛液的钱。

有人说，在这个可恶的世界里，什么都无法长久，哪怕是我们的烦恼。然而，记忆无论如何都无法抹去，记忆中的爱更是无法流失。

世间美好之事，并不是因看到了才相信，而是相信了才会看到。

第二天，轻柔的阳光碎在干净的病房里，守在父亲病榻旁的女儿从睡梦中醒来。她看到白色的被子上安放着一封信，便满心疑惑地将其拆开。

世间并没有免费的午餐，如若你偶然遇到，那定然已在多年前不经意的举动中，为这顿午餐，付了费用。

她展开信笺，里面竟是一张医疗费为零的账单，并附有一句足以让她为父亲骄傲的话：“所有的费用已经在30年前付过了——用三瓶止痛液，还有一包蔬菜汤。”那一刻，她终于明白，30年前那个没有钱为母亲买药的小男孩，便是父亲的主治医生。

这多像戏剧中的情节，但它却如此真实地发生在现实之中，故而，这个故事被拍成广告短片，命名为《给予，是最好的沟通》并搬上银屏时，是那样感动着不曾被理解的都市男女。

你在此处，而我在彼处，我不了解你的处境，你也不曾读懂我的际遇。

我们生活在同一方天空之下，心却张望着别处，相互理解不过是天方夜谭，孤独在所难免。

正如泰戈尔所说：“有一天，我梦见我们相亲相爱，我醒了，才知道我们早已是陌路。”

有人问，为什么父母是最爱我们，却最不理解我们的人？

有人问，为什么被管束的孩子，反而更羡慕那些无人照料的孩子？

有人问，为什么自己的意愿，总与父母的意愿背道而驰？

但很少有人问，怎样沟通才有效。

你甘愿为他倾尽所有，可这并非他所需要；你为他设计好人生的每一步，可这条路上的风景并非他所喜好。因而，我们本以为会越走越近，实则渐行渐远。

我用自己的方式去爱你

小婷的父母忙于生意，因此小婷自幼和奶奶一起生活。

奶奶在自家的院落里开辟出了一块菜园子，每至春日时，她就在菜园子里撒下南瓜、黄瓜、豆角等种子。别人家的迎春花开得格外绚丽，小婷只在家中闻到了泥土的气息。

晨晓，大地尚未苏醒，奶奶便起床为小婷做好饭，将其盖好放在灶炉旁，然后为刚刚下种的菜园浇水。奶奶经常说，多吃些蔬菜好，自家种的比集市里买来的要干净，吃着也放心。因而，一到秋季，饭桌上便有吃不完的蔬菜。

奶奶最喜欢的蔬菜是南瓜，南瓜有多种做法，嫩的可以炒，老一点的可用来炖，再老的便用来煮小米粥。只要是掺了南瓜的饭菜，奶奶都觉得好吃。于是，她一次又一次让南瓜做一日三餐的主角。

她对孙女的爱，她所能给予的全部，便是如此笨拙而质朴地让其嵌到味觉里，由胃至心皆感温暖。

只是，世间的爱皆难以完美登对，摆在眼前的，触手可及的，往往成了以让对方幸福为名的牵绊。

小婷喜欢邻居家的院子，因为里面种满了开得灼灼耀目的鲜花。每当奶奶在院子里忙活时，她总是懒得过去帮忙。每当奶奶将冒着热气的南瓜粥放到她面前时，她总要拿起筷子将碗中的南瓜都拣出来扔给奶奶。如若看到黏稠的粥中还掺有被煮化了的南瓜丝，她也要一点点挑干净才赌气般的以最快的速度喝完。至于炒或炖的南瓜菜，她更是在锅中随便扒拉几口后，便放下筷子去做自己的事情。

只因不喜欢吃任何与南瓜有关的食物，她从未接受奶奶双手捧给她的爱。

爱的方式有很多种，奶奶只会其中一种，于是她将这一种毫无保留地付出，而小婷倾心的是另一种，她希望奶奶可以按照她自己认可的方式来爱自己，却总是事与愿违。

奶奶觉得南瓜好，因而她仍然一如既往地为小婷做着炒南瓜、炖南瓜、南瓜粥。

小婷不喜欢南瓜，所以她始终毫无顾忌地将南瓜从碗中扔出。

小婷上高中，上大学，继而工作，一走就是很久。奶奶的步履越来越迟缓，但始终保留着院落里那片菜园子，春播秋收。一个人吃不了那么多蔬菜，便留下一些南瓜，其余的全都分给邻里。当小婷回到家时，奶奶便早早地开火、做水，熬一大锅滚烂的南瓜粥。

小婷已不似幼时那样任性，再不喜欢喝南瓜粥也会硬着头皮喝下去。

但当她看到奶奶端着一碗几乎没有一丝南瓜的粥，而自己碗内满是南瓜时，有些摸不着头脑。奶奶看到孙女惊愕的神情，不禁笑了笑。

有些事情，在我们意料之中，但当对方说出口时，还是感觉有些猝不及防。

奶奶一边喝那碗白米粥，一边轻描淡写地说，前不久她去医院体检，查出了糖尿病，医生叮嘱她以后少吃甜食。她还特意问医生，用老南瓜煮粥喝可不可以，得到的答复却是老南瓜也属于甜性食品，不许吃。

小婷听完之后没有说什么，只是拿起筷子，将一块南瓜放进了嘴里。这是她第一次细细品尝南瓜的味道，细腻糯软的南瓜瓤入口之后，用舌尖轻轻一抿，便化为甘甜细润的南瓜泥。奶奶看着她吃下之后，探着头小心翼翼地问她："好吃吗？"她的头一寸寸低下去，埋在两腿之间，两滴泪珠吧嗒掉在地上。

她终于品尝到了藏在南瓜里的爱，这份爱始终以她并不喜欢的方式默默守护着她。直到风烟都散尽时，她才恍然明白，原来是她一直在苛求爱的方式，错把爱当成恨。

你配得上最好的幸福

《霍乱时期的爱情》，弗洛伦蒂诺·阿里萨在等待53年7个月又11天后，终于得以有机会回答：爱情就是一生一世。

小英的初恋，从17岁延伸至27岁。10年间，他们有过恨不得全世界都听到的欢笑，也有过声嘶力竭的争吵。他知道如何哄她开心，她能从他的眼神中读出悲喜。他们说不出爱情的定义，但他们知道彼此深爱着对方。

10周年纪念日那天，他们走入民政局领了结婚证。当所有的人以他们为榜样，为之赞叹，为之唏嘘时，仅仅两个月的时间，他们便再次走入民政局，将红色的结婚证，换成了蓝色的离婚证。

“风后面是风，天空上面是天空，道路前面还是道路。”海子如是说。

可是，风有微弱与狂大之分，天空有明朗与隐晦之别，道路有平坦与泥泞之差，我们从来无法预测，命运寄给我们的下一个包裹里，盛放着什么。

小英给别人的解释很简单，爱情不只是一种虚无缥缈的感觉，它是实实在在的相处。并不是所有的爱情，都能与琐碎的生活相融。

听完这般解释，人们像是听到了一个冷笑话：不是说平淡的生活，可以为深沉的爱情让路吗?

爱情并非必需品，它就好似一方夜空，拥有爱情之人的夜空有璀璨烟火的点缀，失去爱情之人的夜空则岑寂无光。生活就好似阳光与空气，我们片刻都离不开它。

小英说，尽管她现在一无所有，但她自始至终都相信爱情，只是她在寻找对的人，与之谈一段能与生活相契的爱情。

1年之后，小英进入一家新的公司，谷新作为她的搭档，与她一起进行市场调研，与她一起吃饭。相处一段时间后，小英对他产生好感。

一切事物的意义，皆在于它发生的那一刻，皆在于我们笃定之时。如若我们发觉自己爱上一个人，不要等，爱之感觉稍纵即逝。

当然，在表白之前，她要做的便是坦诚。她将自己所有的故事，毫不保留地告诉了他，并向他说出爱。

往事看似轻盈，实则沉重，并不是所有人皆能承载起它的重量。尽管谷新是如此佩服她的勇气，欣赏她的为人，但终究介意她的过往。在被婉言拒绝时，因内心始终饱满，她纵然悲伤，终不至于绝望。

她认定自己的生活并未真正开始，最终她会拥有该有的一切，只是一切来得比较晚。

爱情究竟是什么？

杜拉斯这样说："爱之于我，不是肌肤之亲，不是一蔬一饭，它是一种不死的欲望，是疲惫生活的英雄梦想。"

有一种英雄主义，是了解生命且热爱生命

空虚是一种消极的心理状态，生活一旦被它占据，将会变得暗

淡无光，会对许多事情失去兴趣，有时甚至还会导致严重的后果。人一生，有很长的路要走，或崎岖，或平坦，这取决于你怎样对待空虚，千万别让它挡住你的出路。

每个人都在经历着人生、体验着人生，这些构成了生命的全部意义。因为有了经历，所以有了充实；因为有了体验，所以有了喜怒哀乐；因为有了这些多姿多彩的事情，所以有了精彩的人生。

一个中学生和心理医生聊天时谈道："每天，我照常地学习、生活，可总觉得心里好像有点不对劲，我不知道为什么学习、为什么生活，不知道生命的意义在哪儿，常常有一种很空虚的感觉。"他不无困惑地说，"看看其他同学，学，学得有劲；玩，玩得潇洒。可我学也学不踏实，玩也玩不痛快，感觉什么都无聊，什么都没意思。这种情绪让我整天百无聊赖、心绪懒散、寂寞惆怅却又不知该怎样解脱。怎么别人就能过得那么充实，而我就那么空虚呢？"

在生活中有许多人都有过和这位中学生一样的烦恼，学习越是紧张，就越是感到生活空虚无聊，一天到晚都在思考诸如生命意义之类的大事，却总是在生活中的小事上栽跟头。其实，生命的意义在于一步一个脚印地积累，当你认真用心地走过，生命的意义自然也就揭晓了。对生命的认识过程便是一个不断审视自己的过程，两者是同时进行的，一边认识自己，一边了解世界。如果你感觉生活无聊，首先可以肯定的是，你对自己的生命失去了应有的热情。

罗曼·罗兰说，这个世界上只有一种英雄主义，那就是了解生命而且热爱生命。这个世界上有什么是没有生命的吗？一丝暖阳、一滴冰雨，这些都是生命存在的证明。我们的生命并不是一个孤独的存在，而是一直与自然界的万物相伴始终。明白了这一点，我们怎能不让生命中的每一天都过得精彩呢？我们的生命因有了春、夏、秋、冬四季的更替而丰富了内涵，因有了风、霜、雨、雪的侵染而多了一分绚丽，因有了悲、喜、苦、乐才更值得回味，因有了赤、橙、黄、绿、青、蓝、紫的各种奇妙重叠才更显得灿烂与美好。这些都来自大自然的赐予，它让我们时时懂得，我们都是受眷顾的孩子。

蒙田在对生命的理解中有这么一段精彩的描述："就拿'度日'来说吧，天色不佳、令人不快的时候，我将'度日'看作是'消磨光阴'。而风和日丽的时候，我却不愿意去'消磨'，这是我在慢慢赏玩、领略美好的时光。不好的日子，要飞快地去'度'，好日子要停下来细细品尝。常用'度日''消磨光阴'这些词语的人以为生命的利用不外乎将它打发、消磨，并且尽量回避它，无视它的存在，仿佛这是一件苦事、一件贱物似的。但我认为生命不是这样的，我觉得它值得称颂，富于乐趣，即便我自己到了垂暮之年也还是如此。我们的生命受到自然的厚赐，它是优越无比的。如果我们觉得不堪生之重压而白白虚度此生，那也只能怪我们自己。"

可见，每个生命都有一个精彩的可能，生命赋予每个人同样多，只要我们拿出热情，它一定能够回报我们精彩。心理学家告诉我们，没有毫无意义的人生，只有不懂生活的人。面对偶尔出现的空虚和烦恼，我们可以从培养一些兴趣爱好开始，逐步拓宽自己的眼界、增长见识、打开心胸，久而久之，当我们看到更多美丽的风景，当我们对生命的意义有了更多的了解，我们也就为自己的人生注入了更多精彩的可能。

“你好啊，银河”

如果有一个你很中意的男子，不是以发微信或打电话的方式向你告白，而是给你写了一封情书，当你皱着眉头展开时，未能找到“我爱你”的字眼，而看到了一首用蝇头小楷写就的参差错落的诗歌，你心中那点仅有的中意，是否已经荡然无存？

我们苦苦追寻着浪漫的爱情，但我们对浪漫的定义，早已不是那些酸得令人牙疼的信笺，而是999朵玫瑰，有小提琴伴奏的烛光晚餐，在海岛度假小屋面朝大海。

当浪漫与金钱有染时，我们才敢伸出双手，满心欢喜地接受对方。

殊不知，这样的爱情，在最初之时，已与浪漫无关。

而心中的诗意，也并不能用金钱来衡量。

西北流沙中出土的一块汉代书简，其上只有四个字：“幸毋相忘。”“希望你不要忘记我啊。”这诗一样的言语，简短、率真，却至真至性。它感动着当下的我们，但又有几人在感动之余，愿敞开心胸，拥抱以诗求爱之人？

王小波在追求李银河时，未曾以各式礼物取悦对方，只是用一封封情真意切、饱含着山脉般的绵延情感的书信，俘获了她的芳心。“你好啊，银河。”王小波总是以这样平淡的语句开头。继而，他以爱为指引，以蘸满深情的笔触，在一张素纸上倾吐自己的爱意。

“做梦也想不到我会把信写在五线谱上吧。五线谱是偶然来的，你也是偶然来的。不过我给你的信值得写在五线谱里呢。但愿我和你，是一支唱不完的歌。”李银河最终被王小波这句话打动，握住了他伸过来的双手，她如此回应：“我不相信世界上有任何一个女人能抵挡如此的诗意，如此的纯情。”

王小波并没有倜傥潇洒的相貌，亦不曾挥金如土，可是谁敢说他心中的大海与春花，不是最美的呢？

那些在电视里苦苦寻求浪漫爱情，却给诗歌男子灭灯的相亲女子，有谁比李银河更幸福呢？

社会潮流有不得不去的方向，满心欢喜地跟随也好，看不惯也罢，都无力改变。我们能做的，只是在汹涌的浪潮中，努力做一朵与众不同的浪花。

美子66岁，岁月在她眼角留下痕迹。她靠政府救济金和做女佣养活自己与外孙，生活如此艰难，而她依然用海量时间打扮自己，种植花草，甚至学习诗歌，像是一朵无人注目的街角小花，在黄昏时刻，尽情绽放属于自己的美丽。

然而，生活并非因此而完满无缺，世俗亦不会因此绕道而行，宿命如同冷酷执拗的糟老头，不愿做出点滴退步与改变，该来的终究要来，该承受的也无法躲避。暮年的美子患上了老年痴呆症，外孙也因牵扯杀人罪行而被要求偿还一笔巨额费用。

在生命将熄之时，她将一切都交付给了诗歌，她掏出随身携带的小本子，写下了一生中第一首，也是最后一首诗。

你那里好吗？

还是那么美吗？

夕阳是否依然红彤彤？

鸟儿是否还在树林里唱歌？
你能收到我没寄出的信吗？
我能传达自己不敢坦白的忏悔吗？
时间会流逝吗？
玫瑰会凋零吗？
现在是道别的时刻了，
像来去无踪的风。
像影子永不实现的诺言，
直到尽头的以爱封缄。

这首诗像是她的一生，暖意涌动。生活中的磨难并不会因此消失，但她已微笑走过。回头时，她只记得那些点缀阴湿角落的花草，那些点亮生命的笑意，以及那些记录在小本子中的美丽字句。

中途的美丽景致

韩小晔很平凡，韩小晔也很非凡。

20岁那年，她上大三，经历了人生中的第一次失恋。而这也是她第三次“被失去”，第一次是她从未见过的父母，第二次是一直抚养她却在前几年去世的老奶奶，第三次则是她一直很爱的男朋友。

眼泪肆意横流，心痛得无法呼吸，她跑出待了将近半个月的宿舍，随便坐上一辆公交车，坐到了终点站。下车之后，她独自一人漫无目的地行走，不知不觉便走到荒无人烟的山丘上。

那里的风有点野，刮得她的面颊有些疼。无名草恣意丛生，

无边无际地蔓延。耳机里的声音撕扯着她的伤口，她索性摘下耳机，只听呼啸而过的风声。然而，与风声同时涌进她耳朵的，还有一名婴儿呱呱的哭泣声。她有些茫然，循着声音传来的方向，拨开丛生的野草，一步步向前走去。

最终，在野草的最茂密处，她看到一个手提箱。透过拉开的拉链，她看到一个涨红了脸的女婴。小晔脸上的泪痕刚刚被风吹干，顷刻间又是泪如雨下。只因，她从这个女婴身上，看到了自己。

没有丝毫犹豫，她将女婴从手提箱里抱起来。那一天正是立秋，天气较往日凉爽了些，她从包里拿出一张手绢，包住女婴的肚子，并为她取名为秋儿，冠以自己的姓氏。

传得最快的永远是流言。不知是谁说文学系的韩小晔与男友发生关系，在宿舍生下一个女孩，这个消息在学校传得沸沸扬扬。刚刚与她分手的男友找上门前来质问，她也未曾解释，男友甩手离开时，竟庆幸自己已与她毫无瓜葛。

有些人，总是要与之拉开些距离，方才看得清。如此看来，更庆幸的应该是韩小晔。

简媜曾说："最难的是，在困苦流离之中仍保有宽容平静的微笑；最珍惜的是，在披风带雨的行程中，还能以笠护人。"韩小晔走在孤独的路上，脚步却从未慌乱。辜负生命，是她不允许自己做的事。

每至半夜，秋儿总会有一次或长或短的哭闹，这难免会打搅到寝室姐妹的睡眠。因而，她用平日打工存下来的钱在学校附近租了一间小屋，搬出了宿舍。

上课前，她将一切都安置好；下课后，她片刻不耽误地回到小屋。只要有风存在，流言便不会消失，对于不相信自己的人，又何必多言，倒不如将精力放在有意义的事情上。生活就是一口井，表面覆着杂草，唯有用心挖掘的人，才能喝到清冽的水。韩小晔的生活纵然过得辛苦，到底有机会拨开杂草，享受掘出清水的快慰。

每一条路的终点，都有好景致。如若发现小径深处的景致不够美，只因还未抵达终点。所以，韩小晔拉着韩秋儿的手，走上一条无人踏足的小路后，从不曾停下前进的脚步。

秋儿4岁时，韩小晔把她送进了一家幼儿园，彼时她已在一家外贸公司工作了1年。有一天下班路上，她碰见了大学时与她关系最要好的朋友。两个人拐进一家甜点店，各自点了一份糕点。一对母子大手牵小手走过窗外，小晔目送他们远去。

朋友的糕点吃了大半，小晔却一口没动。

“你以前不是很爱吃甜食的吗？”朋友问。

“我想给秋儿留着。”她有些难为情，耳根稍稍发红。

“当时为什么不试着告诉大家真相呢？你不知道大家在背后是怎样讲你的吗？”朋友显然有些激动，声音猛然抬高，引得邻座的人纷纷侧目。

韩小晔把一缕快要遮住眼的头发拢向脑后，很认真地说道：“我宁愿让他们讲我，也不愿让他们说秋儿的坏话。”

之后，她让服务员把那块糕点打包，对朋友说她还要去幼儿园接秋儿，便留下眼中涌上泪意的朋友，独自走出小店。

朋友第一次觉得平凡得不能再平凡的韩小晔，背影是那样动人。她也第一次明白，女人应当为了绽放美丽而生。当然，美丽的绽放，缘于爱。

韩小晔穿越嘈杂的人群与昏黄的暮色，来到幼儿园时，秋儿由老师领着站在门口等她。秋儿手中握着一朵从幼儿园里采摘的淡紫色小花，在她走近时，秋儿将花举过头顶，踮起脚尖要送给她。

她有一瞬间的失神，看到秋儿身后的老师微笑着点点头，她蹲下身来，将秋儿抱在怀里。秋儿将花斜斜地插在她的头上，用稚嫩又清澈得不带任何杂质的声音说道：“妈妈，我爱你。”

这不是路的终点，可是这是迄今为止，她看到的最美的风景，而且她相信前面还有更美的景致等她去发现。

一场战争

是枝裕和在《海街日记》里说——很多人说生活没那么简单，可是生活本就是一餐一饭，一生专心做好一件事，守着亲人留下的宅院，缝缝补补，在四季风物的更替里缓缓前进。

那些或温暖或寒冷的人生经历，最终都会平静地归于温暖。我们翻山越岭、跋山涉水地努力，是为了治愈自己和别人，是为了让自己更温暖，让这个世界更温暖。

爱，在汉字中的本意是有心的，这有着很深的含义。爱从心里发出，然后流到别人的心里，在人与人之间搭建起一条长长的爱心之桥。爱，往往会有意想不到的力量。

一战期间，美德两军在一处平原相遇，双方激烈交战，枪声不断响起，在他们之间是一条无人地带。一个年轻的德国士兵尝试爬过那个地带，结果被带钩的铁丝缠住，发出痛苦的哀号，不住地呜咽着。

相距不远的美军都听得到他的惨叫声。一名美国士兵无法再忍受，于是爬出战壕，匍匐着向那名德国士兵爬过去。其余美军明白他的行动后，就停止开火，但德军仍炮火不辍，直到德国指挥官明白那名美国士兵的行动，才命令军队停火。

此时，战场上出现了一片沉寂。那名美国士兵爬到受伤的德国士兵那儿，救他脱离了铁钩的纠缠，扶起他走向德军的战壕，交给已准备迎接他的同胞，之后，便打算转身走回美军阵营。

这时，一只手搭在他肩膀上，他转过来，原来是一名获得铁十字勋章的德军军官。这名军官从自己制服上扯下勋章，把它别在那名美国士兵身上，才让他走回自己的阵营。当美国士兵安全抵达己方战壕后，双方才又恢复战斗。

我们都知道，在我们生存的世上，不仅有嗜血无情的战争贩子，还有奸邪狡猾的吸血商人；不仅有流血和死亡，还有欺诈和虚伪；不仅有纸醉金迷的享乐，还有声色犬马的诱惑。这些，不是我们能够无视便不存在的，也不是我们能够荡涤殆尽的。但是，我们可以在心里将这些东西清扫干净，还自己一片洁净的空间。

我们的生活是由我们的思想造就的，如果我们每个人都能爱护自己，爱护自己善良、朴实的天性，爱护自己懂得爱并珍视爱的心灵，让自己的内心始终保持一块纯净生动、仁爱无私的净土，永不放弃对真诚的情感、对善良的人性、对美好的人生毫不犹豫地、执着坚定地追求，即使我们不能使所有人的世界变得更美好，至少也可以使自己的世界更美好。

相信这个世界上还有爱，加入传播爱的队伍，你慢慢就会发现，爱是生命不息的火。它拥有传染的魔力，能够温暖每一个人的心灵，即使是那些所谓的坏人，在他们灵魂的深处也还保留着一块温软的园地，可以感受爱，可以感动。

就像歌里唱的那样：“只要人人都献出一点爱，世界将变成美好的人间。”谁不愿意生活在美好的世界里呢？所以在生活中，你经常能够看到各种“献爱心，送温暖”的活动，因为在大家的心中还有爱，爱让这个世界充满了温暖。

爱会给生活创造出无限广阔的天空。沐浴在爱的阳光里，我们就可以把冷漠变成亲切，把仇恨变成宽容。当我们深陷生命的低谷不能自拔时，爱会以它神奇的力量带领我们走上沐浴阳光的山头。

《闪光少女》和油腻中年

《闪光少女》是2017年7月上映的一部电影，同月和其他几部不错的电影厮杀后，也有了不错的口碑。但是，因为排片少的问题，票房不尽如人意。

从观众角度来看，这部电影在宣传上本来就不是特别出彩，也没有什么具备市场号召力的大牌明星，同时电影主题的定位是相对比较小众的“二次元”“民乐”。这些元素都会影响观众在择影时候的选择。对于排片量少的问题，电影团队的公关方式是下跪求排片，本意或许是想表达自己的诚意，以及对这部影片的惋惜。但是，很多网友对此的反应却比较淡漠，下跪行为对很多人来说，与其说是示弱般的撼动，不如说是绑架。很多网友对这种行为并不买账。

针对这个叫好不叫座的问题，编剧的一席话，也让人对这个编剧乃至这部电影都有了争议。她说：“电影中二次元的部分不是拍给工作了很多年、浑身戾气、臊眉耷眼的那些人看的。”

于是，网友也纷纷开始调侃“工作了很多年、浑身戾气、臊眉耷眼”的梗。有网友说，难道只有17岁的小孩子才有资格谈“二次元”吗？可是自己明明已经在二次元的圈子混了很多年呀，这话将二次元老前辈置于何地？又有网友调侃，没错，大家的年纪都是“工作了很多年”，但是，就一定所有人都“浑身戾气、臊眉耷眼”？自己去支持了电影，反而被瞧不起了？编剧一竿子打死的人，还包括很多贡献了票房的人。

如今，网络上还有一个词，叫作“油腻中年”，说的就是那种大腹便便、一脸油光的中年男子。在网络上，对于这些负面意义很明显的词，大家的态度多是调侃、刻意削弱伤害成分的。

不过，这也看出了一个问题，我们很多人习惯用年龄去区分一个人“应该”处于的阶段，“应该”做的事情，“应该”长的模样。

大家为什么对“童颜辣妈”感到诧异，就是因为大多数人认为，一个女人结婚生孩子之后，就应该是减不下去的产后胖，就应该是扎着一头好打理却没有章法的显老马尾，就应该是带着孩子的疲惫模样，就应该是邋遢至极的随意穿着。很多人将这个形象定位为一个“合格的母亲”。

新加坡有一位50多岁的男士，他有着一副和年龄完全无关的外表：发达的肌肉，完美的身体线条，英俊的长相，优雅的穿搭。他用常年的健身来强化自己年轻时的优势，以至现在每一个关注他年龄的人都目瞪口呆。很多人如果只是单纯看到年龄——“将近60岁的老人”这样的话，他眼前浮现的形象肯定是那种头发花白、牙齿稀疏、满脸皱纹，穿着老夹袄，或早上推着购物篮去菜市买菜，或在小区健身区拍拍打打的老人。他们脑海里的老人一定是这样的，而不是时尚且优雅的帅哥。

人们爱用年龄去区分，嘲笑年轻人的无知和浅薄，嘲笑成熟人的衰老和过时。然而，这样的行为是一种对自我的鄙视，因为这是我们每一个人都会经历的阶段。

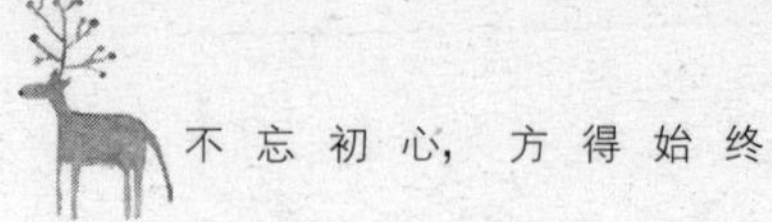

我们都曾年轻过，也都会逐渐老去。我们都曾是闪光的少男少女，有一天也会变成“油腻”的中年人。

当我们被一个人的眉眼局限的时候，为一个人的年龄困惑的时候，我们到底关注的是什么东西？就像隔着屏幕的网友，对方的言谈让你快乐，让你如沐春风，让你相逢恨晚，让你感到知音难求，然后对方或许是一个小你20岁或大你20岁的人。那又怎样呢？不还有一个词叫作“忘年交”吗？

生命的真实感动应该来自灵魂，而不是躯壳。就像一位母亲迎接新生儿的诞生，母亲的感动不能因为孩子是男是女而有所不同。

我们要学会关注最柔软的东西，最本源的东西，所以这需要我们追溯和回忆。我们不能忘记自己曾经的模样，也不能畏惧自己未来的怅惘。